História & Sociologia

HISTÓRIA &... REFLEXÕES

Flávio Saliba Cunha

História & Sociologia

autêntica

COPYRIGHT © 2007 BY FLÁVIO SALIBA CUNHA

COORDENADORES DA COLEÇÃO
Eduardo França Paiva
Carla Maria Junho Anastasia

IMAGENS DE CAPA
À esquerda, Marc Bloch; À direita, Émile Durkheim

REVISÃO
Rosemara Dias dos Santos

EDITORAÇÃO ELETRÔNICA
Conrado Esteves

Todos os direitos reservados pela Autêntica Editora.
Nenhuma parte desta publicação poderá ser reproduzida,
seja por meios mecânicos, eletrônicos, seja via cópia
xerográfica, sem a autorização prévia da editora.

AUTÊNTICA 2007

BELO HORIZONTE
Rua Aimorés, 981, 8º andar. Funcionários
30140-071. Belo Horizonte. MG
Tel: (55 31) 3222 68 19
TELEVENDAS: 0800 283 13 22
www.autenticaeditora.com.br
e-mail: autentica@autenticaeditora.com.br

SÃO PAULO
Rua Visconde de Ouro Preto, 227. Consolação
01 303-600. São Paulo-SP. Tel.: (55 11) 6784 5710

Cunha, Flávio Saliba
C972h   História & Sociologia / Flávio Saliba Cunha . – Belo Horizonte : Autêntica , 2007.
120 p. – (História & ...reflexões,11)
ISBN 978-85-7526-252-8
1.Sociologia-História. I.Título. II.Série.

CDU 301(091)

Ficha catalográfica elaborada por Rinaldo de Moura Faria – CRB6-1006

À memória de meu irmão, Rogério de Freitas Cunha, que, em tão breve existência, escreveu uma história de vida pública exemplar.

Agradeço a Eduardo França Paiva pela confiança em me atribuir a tarefa de escrever sobre o difícil e polêmico tema das relações entre História e Sociologia e a Eliana Regina de Freitas Dutra pela indicação de leituras. A Francis Albert Cotta, minha gratidão pela atenciosa leitura do texto, pelas críticas construtivas, pela sugestão de leituras e pelo minucioso trabalho de formatação do texto final.

SUMÁRIO

INTRODUÇÃO... 11

CAPÍTULO I

História e Sociologia: ensaiando o diálogo................... 21

Simiand e a História tradicional............................... 21

Braudel: o diálogo cauteloso.................................... 28

Burke: diálogo ou adesão?....................................... 33

CAPÍTULO II

A crise da História.. 45

Gerard Noiriel e o paradigma científico da História.............. 47

A tarefa do historiador.. 52

As comunidades profissionais.................................. 57

A profissionalização.. 58

A solidariedade profissional.................................. 60

François Dosse e a História em migalhas......................... 64

Annales: os precursores....................................... 64

Braudel e os Annales.. 70

A História esfacelada... 74

CAPÍTULO III

A crise da Sociologia.. 85

Sociologia fragmentada... 85

Crise e visão paradigmática...................................... 87

Divisão do trabalho e sínteses teóricas.......................... 88

CONSIDERAÇÕES FINAIS.. 105

REFERÊNCIAS... 113

INTRODUÇÃO

Há mais de um século, História e Sociologia vêm se esforçando, cada qual a seu modo, para se constituírem como disciplinas científicas. O próprio surgimento desta última, no final do século XIX, é resultado de um longo esforço de construção de um campo de saber específico que, sem descartar a colaboração com a História, fosse capaz de destacar-se no vasto domínio das humanidades como instrumento científico de investigação da vida social moderna.

Dotados, em princípio, de objeto e métodos próprios, os sociólogos argumentam, sobretudo a partir do monumental esforço teórico de Emile Durkheim, que à Sociologia não cabe investigar toda e qualquer dimensão da vida em sociedade e sim os fatos sociais. Estes são definidos enquanto conjunto de instituições sociais externas ao indivíduo que, dotadas de maior ou menor poder coercitivo, a ele se impõem por meio do processo de socialização.

Tendo por modelo as ciências da natureza, a Sociologia pauta-se pelos preceitos do positivismo postulados por seus precursores, notadamente por Auguste Comte, mas logo incorpora elementos do pensamento socialista e do materialismo histórico, abrindo espaço para distintas interpretações dos processos sociais. Em suas vertentes clássicas, o que mais claramente distingue a nova disciplina da História praticada no século XIX e início do XX é o fato de aquela priorizar a análise das regularidades e dos elementos estruturais, enquanto esta última dedica-se à análise dos eventos singulares, sobretudo os de natureza política e militar.

Ao apresentar a versão brasileira do texto de François Simiand sobre método histórico e ciência social, José Leonardo do Nascimento sugere que "a clivagem entre a história tradicional e a nova ciência social é, nesta altura, absoluta. A primeira elege o individual e o contingente, a segunda busca deliberadamente as relações estáveis entre fenômenos."[1]

Desde muito cedo, historiadores e sociólogos envolvem-se num debate interminável sobre as relações entre suas respectivas áreas de conhecimento. Em que pese o fato da Sociologia dever parte de sua existência a uma prévia e ampla produção historiográfica, bem como a óbvia interdependência entre esses dois campos de saber, tal debate, em muito, se assemelha, como sugere Braudel, a um "diálogo de surdos".[2] Com efeito, os desacordos que, em princípio, invocam legítimas questões de ordem teórico-metodológica, com freqüência, resvalam para a mera disputa por fatias dos mercados do saber e da notoriedade intelectual. Enquanto ciência emergente que, por meio da utilização de métodos específicos, se propõe a analisar dimensões da vida social consideradas afetas a disciplinas mais antigas, como a História, a Sociologia logo torna-se alvo das críticas de historiadores que a acusam de negligenciar a historicidade dos fatos sociais e de recorrer a abstrações e generalizações teóricas infundadas. Instaura-se aí um estranhamento entre os profissionais dessas duas áreas que, em muito se assemelha àquele estabelecido entre a nobreza empobrecida e os novos ricos em busca de reconhecimento social. Essa parece ser, aliás, a visão de um historiador contemporâneo, François Dosse, que atribui a metamorfose por que passa a Escola dos Annales a suas pretensões hegemônicas frente às novas ciências sociais. Nas palavras de Burke,

---

[1] NASCIMENTO, 2003, p. 19.

[2] BRAUDEL, 1986, p. 122.

História & Sociologia

os sociólogos do século XIX, tais como Auguste Comte, Herbert Spencer- para não mencionar Marx – eram extremamente interessados em história mas desdenhavam os historiadores profissionais. Eles estavam interessados em estruturas, não em eventos, e a nova história tem um débito com eles que nem sempre é reconhecido. Eles [os sociólogos] por sua vez, têm um débito com seus predecessores que eles nem sempre reconhecem, os historiadores do Iluminismo, entre eles Voltaire, Gibbon, Robertson, Vico, Moser e outros.[3]

Essa afirmação de Burke capta, a nosso ver, aspectos essenciais da disputa a que nos referimos. Em primeiro lugar, esse autor sugere que os sociólogos, interessados em estruturas, desdenhavam os historiadores profissionais que se dedicaram, sobretudo, ao registro de eventos singulares. Por outro lado, ao afirmar que os sociólogos têm um débito com os historiadores do Iluminismo, Burke parece sugerir uma certa superioridade destes últimos em relação aos historiadores do século XIX. Nesse ponto, muitos historiadores concordam com os sociólogos, voltando suas baterias contra o historicismo cujos quadros caracterizam o *ethos* da "tribo dos historiadores", adoradora dos ídolos político, individual e cronológico, que predomina ao longo do século XIX e início do XX.[4]

Parece-nos, entretanto, que boa parte do que tem sido visto como uma disputa entre historiadores e sociólogos seria, mais propriamente, um embate travado dentro do próprio campo da História entre, por um lado, os historiadores tradicionais e, por outro, os historiadores que advogam a perspectiva estrutural e a incorporação pela História de métodos e conceitos elaborados pela Sociologia. É isso que sugere o fato de serem historiadores os autores das principais obras que tratam

---

[3] BURKE, 1992, p. 8. Tradução nossa.
[4] SIMIAND, 2003, p. 19.

das relações entre as duas disciplinas. A exceção talvez seja François Simiand, misto de filósofo-sociólogo-economista, que, no início do século XX, produz memorável artigo sobre "O método histórico e ciência social", em que tece duras críticas à historiografia tradicional.

Entre os historiadores que se ocuparam da questão, destacam-se Braudel, que, cerca de 50 anos mais tarde, retoma a discussão no livro *História e Ciências Sociais*, e Peter Burke, que, ao final desse mesmo século, discute a incorporação pela História de conceitos produzidos pela Sociologia, em suas obras *Sociologia e História* e *History and Social Theory*.

Para Braudel, a "busca de uma história não limitada aos acontecimentos impôs-se de um modo imperioso no contato de outras ciências do homem".[5] Esse "contato inevitável" se organiza, na França, depois de 1900, graças à *Revue de Synthèse Historique*, de Henri Beer, e, mais tarde, a partir de 1929, "graças à vigorosa e muito eficaz campanha dos Annales de Lucien Febvre e Marc Bloch".[6] Foi por intermédio dos seguidores de Febvre e Bloch que a História apoderou-se, bem ou mal, mas decididamente, de todas as ciências do homem e

> entregou-se a um imperialismo juvenil, mas com os mesmos direitos e da mesma maneira que todas as outras ciências humanas de então: pequenas nações [...] que, cada uma por sua conta, sonhavam [...] atropelar e dominar tudo. Desde então a história persistiu nesta mesma linha, alimentando-se das demais ciências do homem.[7]

Em termos epistemológicos, a análise das relações entre as duas disciplinas torna-se particularmente complexa se considerarmos que tanto a História quanto a Sociologia oscilaram,

---

[5] BRAUDEL, 1986, p. 131.

[6] *Idem*, p. 131.

[7] *Idem*.

ao longo do século passado, entre as perspectivas que privilegiam as análises da estrutura, da ação, do evento, dos macro e microprocessos, das dimensões políticas, econômicas e culturais. Se é verdade que os primeiros sociólogos estiveram sempre interessados em história e estrutura, também é verdade que os historiadores, sobretudo a partir da criação da revista dos Annales, passam a se interessar pela abordagem estrutural e, em menor grau, pelo marxismo, enquanto importantes correntes da Sociologia tomam o caminho inverso da microteorização e da adesão às perspectivas que privilegiam a análise da ação e da interação entre os indivíduos.

Se, por um lado, a própria existência da Sociologia devese à prévia e ampla produção historiográfica sobre a qual se debruçaram seus precursores, por outro, os historiadores viram-se na contingência de incorporar alguns dos métodos e conceitos teóricos mais significativos da nova disciplina. De fato, se a comparação constitui um método privilegiado na análise sociológica, como poderiam seus precursores formular teorias sem recorrer às descrições e interpretações dos historiadores sobre distintas sociedades em distintos períodos da história? Como poderia Marx formular sua teoria dos modos de produção sem recorrer à historiografia disponível sobre as relações econômicas, políticas e sociais no passado da humanidade? Por sua vez, como poderiam os historiadores voltar as costas para as dimensões estruturais, ignorando, por exemplo, a força explicativa da teoria marxista dos modos de produção na análise dos processos históricos de longa duração? A este respeito, vale notar que mesmo historiadores pouco afeitos à perspectiva marxista viram-se na contingência de se referir às grandes etapas da história da humanidade (ou, pelo menos, da história ocidental) enquanto períodos que se distinguem pela especificidade de suas instituições econômicas, políticas e culturais, vale dizer, pela prevalência de um determinado modo de produção. Para escapar à terminologia marxista, recorrem a eufemismos, tais como a antigüidade, a sociedade medieval e

COLEÇÃO "HISTÓRIA &... REFLEXÕES"

a modernidade. Tal "modelo sociológico" de periodização da história tornou-se, no entanto, inevitável.

Por sua vez, como ignorar os modelos histórico-sociológicos de Weber, outro clássico da Sociologia, quando, hoje, se deseja investigar a história política ou administrativa de uma nação? E, paradoxalmente, como ignorar Durkheim, o sociólogo por excelência, acusado de menosprezar a História? O método comparativo por ele preconizado para a Sociologia claramente pressupõe o diálogo contínuo com a produção historiográfica. Até mesmo sua análise do suicídio, considerada a primeira obra de sociologia a usar sistematicamente a estatística, teria sido impossível sem o prévio e indispensável registro histórico das práticas religiosas às quais estariam associadas as variações nas taxas de suicídio. Isso, para não falar de seu modelo teórico das formas de solidariedade social que pressupõe a análise comparativa de processos históricos de longa duração. Como bem observa Robert N. Bellah, Durkheim se questiona, em várias oportunidades, se a Sociologia e a História deveriam ser, de fato, consideradas duas disciplinas distintas. Referindo-se à mais contundente manifestação de Durkheim a esse respeito, Bellah invoca sua resposta a um ilustre historiador durante discussão promovida pela Sociedade Francesa de Filosofia, em 1908:

> Em sua exposição, M. Seignobos parece opor história e sociologia, como se elas fossem duas disciplinas que usam diferentes métodos. Na realidade, não há nada no meu conhecimento da sociologia que merece este nome, que não tenha um caráter histórico [...] Não existem dois métodos ou duas concepções opostas. O que for verdade para a história será verdade para a sociologia.[8]

Aliás, é o próprio Durkheim que, referindo-se à crescente divisão do trabalho científico, ou seja, à crescente es-

---

[8] BELLAH, 1959, p. 448. Tradução nossa.

16

pecialização nos distintos ramos da ciência, nos fornece a primeira e mais promissora perspectiva para entender as razões da ausência de uma estreita colaboração entre as ciências humanas, em especial entre a História e a Sociologia:

> Até há bem pouco tempo, não estando a ciência muito dividida, podia ser cultivada quase inteiramente por um só e mesmo espírito. Tinha-se por isso um sentimento muito vivo de sua unidade [...] Os métodos sendo eles próprios muito gerais, diferiam pouco uns dos outros, e podia-se vislumbrar o tronco comum a partir do qual divergiam progressivamente. Mas à medida que a especialização se introduziu no trabalho científico, cada cientista fechou-se cada vez mais, não apenas numa ciência particular, mas numa ordem especial de problemas.[9]

Essa observação nos remete, de imediato, à consideração de que, sendo a História uma disciplina pioneira no campo das humanidades, ela necessariamente contempla objetos e métodos mais gerais que a Sociologia, a qual, em princípio, emerge como uma especialidade no conjunto das ciências sociais. Referindo-se às considerações de Comte sobre os efeitos da divisão do trabalho, Durkheim argumenta que:

> A divisão do trabalho exerceria portanto, em virtude de sua própria natureza, uma influência dissolvente, que seria sobretudo sensível onde as funções fossem muito especializadas. Comte não conclui do seu princípio que seja preciso reconduzir as sociedades àquilo que ele próprio chama a idade da generalidade, isto é, esse estado de indistinção e de homogeneidade, que foi seu ponto de partida.[10]

Durkheim argumenta ainda que:

---

[9] DURKHEIM, 1989, p. 149.
[10] *Idem*, p. 151.

Há poucas disciplinas que congregam os esforços das diferentes ciências com vista a um fim comum. Tal é sobretudo verdade para as ciências morais e sociais; porque as ciências matemáticas, físico-químicas e mesmo biológicas não parecem a este ponto estranhas umas às outras. Mas o jurista, o psicólogo, o antropólogo, o economista, o estaticista, o linguista, o historiador procedem às suas investigações como se as diversas ordens de factos, que eles estudam, formassem outros tantos mundos independentes. Todavia, na realidade, eles interpenetram-se por todos os lados; por conseqüência, deveria passar-se o mesmo com as ciências correspondentes. Eis de onde vem a anarquia que se assinalou, não sem exagero, de resto, na ciência em geral, mas que é sobretudo verdade para estas ciências em especial. Elas oferecem, com efeito, o espetáculo de um agregado de partes disjuntas, que não colaboram entre si. [...] Estes diversos exemplos são portanto variedades de uma mesma espécie; em todos os casos, se a divisão do trabalho não produz solidariedade, é porque as relações dos órgãos não são regulamentadas, é porque estão num estado de anomia.[11]

A explicação para esse estado de coisas, segundo o próprio Durkheim, encontrar-se-ia no fato de que as ciências morais e sociais foram as últimas a entrar no círculo das ciências positivas. Assinalando que, há pouco mais de um século, este campo de fenômenos se abriu à investigação científica o autor conclui:

Os cientistas instalaram-se, num ou noutro lado, segundo os seus gostos naturais. Dispersos sobre esta vasta superfície permaneceram até o presente [e lá se vão mais cento e poucos anos] demasiado afastados uns dos outros para sentir todos os laços que

[11] DURKHEIM, 1989, p. 161.

História & Sociologia

os unem. Mas porque levarão suas pesquisas sempre mais longe dos seus pontos de partida, acabarão necessariamente por atingir-se e, por conseguinte, por tomar consciência da sua solidariedade.[12]

Trata-se evidentemente de uma visão otimista em relação ao futuro das ciências humanas que, como se vê, não se concretizou nos mais de cem anos que se seguiram a essa afirmação de Durkheim. É provável, no entanto, que alguns progressos tenham sido alcançados nesse sentido, pelo menos no que se refere ao caráter complementar dessas disciplinas que, tendo levado mais longe suas pesquisas, começam a tomar consciência da sua solidariedade.

No primeiro capítulo deste livro, procuraremos identificar as linhas de convergência e distanciamento entre História e Sociologia, na perspectiva de autores que analisaram a questão em três distintos momentos do século passado.

No segundo capítulo, abordaremos as questões que estariam relacionadas à chamada crise da História. Admitindo que essa "crise" começa a se esboçar ao final do século XIX, veremos como alguns historiadores contemporâneos tendem a associá-la à incorporação pela História de métodos e conceitos elaborados pelas novas ciências sociais e a identificá-la como uma crise de ordem essencialmente epistemológica.

No terceiro capítulo, retomaremos a discussão desenvolvida em publicação recente sobre alguns impasses teóricos da Sociologia, de forma a estabelecer paralelos entre as "crises" enfrentadas pelas duas disciplinas.[13]

Finalmente, na parte destinada às conclusões, afirmamos, sobretudo, que a insistência em não se reconhecer pontos comuns fundamentais nas teorias sociológicas clássicas tem impedido a cumulatividade do pensamento sociológico

---

[12] DURKHEIM, 1989, p. 162.

[13] CUNHA; TORRES JÚNIOR, 2004.

e que, ao incorporar métodos e conceitos da Sociologia, a História incorpora também suas fragilidades teóricas. Argumentamos ainda, na linha de raciocínio estabelecida por Émile Durkheim, que os conflitos originários da ausência de clareza a respeito dos objetos, métodos e, sobretudo, do caráter essencialmente complementar das ciências humanas decorrem, ao contrário do que se observa entre as ciências físicas e naturais, da incipiente divisão do trabalho científico entre elas.

CAPÍTULO I

História e Sociologia: ensaiando o diálogo

Simiand e a História tradicional

Além de Durkheim, que argumenta que o estado de anomia em que se encontravam as ciências humanas seria superado pela tomada de consciência de sua complementaridade e interdependência, também François Simiand, ainda nos primeiros anos do século passado, aborda a questão das difíceis relações entre História e Sociologia em artigo considerado clássico sobre "Método histórico e ciência social".[1]

Figura 1 – *François Simiand (1872-1935) tece as primeiras e mais contundentes críticas à História Tradicional. Seus argumentos causam grande impacto na comunidade de historiadores, e apenas em 1929 serão incorporados pelos Annales.*

---

[1] SIMIAND, 2003.

Já no primeiro parágrafo da sua seção introdutória, Simiand afirma que "as inquietações metodológicas que se manifestam entre os historiadores nos dias atuais (o artigo é de 1903) resultam, em larga medida, das relações próximas de rivalidade e conflito que opõem a História tradicional e a nova ciência social"[2] e indaga-se em que sentido o método histórico e a ciência social encontram-se em desacordo. A longa resposta a essa questão inicia-se com a afirmação de que esta última pretende constituir-se de forma análoga às ciências positivas, já constituídas dos fenômenos naturais, e que "a maioria dos estudiosos não está familiarizada com a concepção científica que se contrapõe aos hábitos de pensamento solidificados da história tradicional".[3]

Afirmando que o espírito do *"historien historisant"* frente às questões apresentadas pela ciência social tende, consciente ou inconscientemente, a negar essa ciência, Simiand propõe-se a esclarecer as teses básicas dessa oposição. Quanto à primeira dessas teses, a da objetividade na ciência social, o autor argumenta que a constituição de uma ciência social nos moldes das ciências positivas só se torna possível quando se trabalha sobre um domínio objetivo.

Ancorado no pensamento de Durkheim, Simiand afirma que "a objetividade dos resultados da ciência positiva deriva, fundamentalmente, de sua independência para com a nossa ação particular", acrescentando que "as coexistências e as sucessões regulares dos fenômenos que a ciência observa e extrai não procedem de nós, impõem-se a nós, resultando daí o seu valor objetivo".[4] É essa a tese durkheimiana sobre o objeto da Sociologia – o fato social – que apresenta o caráter da externalidade e da coercitividade em relação ao indivíduo.

---

[2] SIMIAND, 2003, p. 27.

[3] *Idem*, p. 30.

[4] *Idem*, p. 34.

História & Sociologia

Desde que alguma regularidade entre os fenômenos se manifeste e se sobreponha a nós, desde que se mostre em um certo domínio, algumas leis científicas, um sistema mais ou menos esboçado de relações estáveis e definidas entre os fenômenos, pode-se dizer que se constituiu, nestas circunstâncias, um domínio objetivo, mesmo que concebamos ou não a presença de uma realidade metafísica por detrás desses fenômenos. Em uma palavra, no nosso conhecimento empírico, como na nossa ciência positiva, objetivo significa exclusivamente independência para com a nossa espontaneidade individual.[5]

Como se vê, a busca da objetividade nas ciências sociais coloca, de imediato, a questão da externalidade do fato social, o que, por sua vez, justificaria o interesse da Sociologia clássica pelos processos estruturais. Em outras palavras, se a objetividade do fato social decorre exclusivamente de sua independência em relação à nossa espontaneidade individual, isto é, se ele nos é externo, não há como explicá-lo pela simples observação da ação dos indivíduos. Vale aqui mais uma citação:

Os fenômenos sociais não se dissolvem em uma massa de fenômenos individuais, possuem traços e caracteres *sui generis*. O todo é diverso da soma de suas partes. Como os caracteres da água não são uma soma dos caracteres do hidrogênio e do oxigênio, ou os da célula viva uma reunião das propriedades dos elementos químicos presentes no protoplasma, o elemento social não é nem justaposição simples, nem complicação dos elementos individuais ...É objeto como é objeto o mundo dito exterior.[6]

---

[5] SIMIAND, 2003.
[6] *Idem*, p. 36-37.

Coleção "História &... Reflexões"

Isso posto, não é difícil compreender como os historiadores habituados à análise de eventos singulares, que tentam explicar por meio da observação da ação dos indivíduos, podem se sentir desconfortáveis frente à postura metodológica preconizada pela nova ciência social. Mas os historiadores nunca estiveram sós no enfrentamento desse problema. Também os sociólogos, desde sempre, estiveram em desacordo sobre a questão da objetividade, uma vez que esta pressupõe a precedência dos elementos estruturais, frente à ação individual ou coletiva, na explicação dos fenômenos observados. É este o impasse que tem contribuído para perpetuar as clivagens entre as perspectivas, que se convencionou chamar de coletivismo e individualismo metodológicos, e por transformar a Sociologia numa ciência pluriparadigmática e, portanto, pouco ou nada cumulativa. Veremos, mais adiante, como a História, ao incorporar métodos e conceitos sociológicos, incorpora também os dilemas da Sociologia frente a questões teóricas centrais, tais como aquelas relativas à produção da ordem e da mudança histórico-estrutural.

Em sua argumentação, Simiand refere-se, ainda, a outras posições assumidas pelo "espírito que nega a ciência social": a que atribui ao fenômeno social o caráter de mera abstração; a que atribui a este fenômeno uma origem individual e vê a organização social como obra artificial fundada no contrato; e a que atribui papel excepcional ao contingente na explicação dos fenômenos históricos.

Em relação à primeira dessas posições, Simiand assinala que o fenômeno social não é uma abstração nem maior nem menor do que o fenômeno orgânico, químico ou físico e acrescenta que "o nosso conhecimento empírico não opera diferentemente neste ou naquele fenômeno e nossa elaboração científica dirige-se num e noutro para um fato científico que será uma abstração."[7] À perspectiva de Seignobos, que

---

[7] SIMIAND, 2003, p. 40.

História & Sociologia

recomenda cuidado e afirma que o fenômeno social – a Igreja, o governo, a família, a indústria têxtil – é uma abstração, que as abstrações não agem por si mesmas e que os indivíduos são a única realidade palpável, Simiand contrapõe o seguinte:

> Eliminar as noções, substituir a noção de maquinismo e de indústria têxtil pelos indivíduos que se servem das máquinas e que compõem a indústria, implica em nada obter do ponto de vista científico. Se meu objeto for os indivíduos em sua complexidade pessoal no lugar do maquinismo, do modo de organização do trabalho ou do emprego das forças naturais, não poderei abstrair o elemento comum e social dessas formas econômicas, que não são produto de indivíduos, que, ao contrário, impõem-se a eles e os domina.[8]

Isso posto, o autor se indaga como escolher as abstrações, como reconhecer a validade e legitimidade de umas em prejuízo de outras. Sua resposta a essa questão é a de que existe apenas uma regra para as ciências positivas que é a de buscar as "abstrações felizes", isto é, aquelas que evidenciam regularidades e, se possível, leis.[9] Admitindo que esta operação é mais delicada e incerta na ciência social, Simiand argumenta, no entanto, que as ciências positivas compartilham um processo lógico e que o exemplo das ciências já constituídas e mais avançadas demonstra ser isto indispensável e essencial para a constituição de uma nova ciência.

Quanto à origem individual dos fenômenos sociais, Simiand tece a seguinte crítica aos argumentos de Seignobos, para quem os fenômenos sociais são resultado da ação, do acordo, da convenção entre indivíduos:

---

[8] SIMIAND, 2003, p. 43.
[9] *Idem*, p. 44.

25

COLEÇÃO "HISTÓRIA &... REFLEXÕES"

Eis aí, finalmente, que a palavra decisiva foi pronunciada e a idéia poderosa em que se funda o espírito da história tradicional, enunciada: a idéia do "contrato social" encarecida pela filosofia e pela história, que resiste e sobrevive (mesmo inconscientemente) na intimidade dos espíritos. A organização social aparece como obra artificial, resultado de acordo entre homens renovado a cada dia e revogável, caso os indivíduos, mudando de propósito o queiram.[10]

Simiand argumenta que, quanto mais remontamos na escala do tempo e das sociedades, observamos que menor é o espaço da ação individual espontânea ou do acordo consciente e livre entre os indivíduos. Nesse sentido, ele introduz o argumento, absolutamente central nas ciências sociais, de que a sociedade não é um produto dos indivíduos. Ao contrário, é o lento desenvolvimento social que promove a crescente individualização.[11]

Em reforço ao seu argumento, contrário à idéia de que a organização social funda-se no contrato, Simiand invoca a noção científica de causa sobre a qual se baseia toda uma teoria da explicação científica. Segundo ele, a noção é imprecisa e mal definida entre os historiadores tradicionais que tendem a confundi-la ora com a condição necessária, ora com a condição suficiente.

> Foi e continua sendo freqüente entre os historiadores a eleição da causa de um fato a partir de um ou vários fatos anteriores, escolhidos sem regras definidas [...] Sustenta-se como causa de uma revolução o incidente que a provocou, como a causa

---

[10] SIMIAND, 2003, p. 47-48.

[11] O argumento de que a individualização é um processo que decorre do desenvolvimento social foi por nós detalhado no capítulo sobre divisão do trabalho e individualismo moral do livro *O diálogo dos clássicos* (CUNHA; TORRES JÚNIOR, 2004).

26

História & Sociologia

de uma explosão o palito de fósforo que caiu sobre a pólvora.[12]

Simiand distingue ainda dois tipos de explicação causal comuns na historiografia tradicional: a explicação psicológica e a explicação finalista. Em ambas, a causa dos fenômenos sociais é sempre a motivação das ações humanas, sendo a prática "avaliada e entendida, tendo em vista a sua finalidade, um órgão ou uma instituição em relação às suas funções."[13] Tratar-se-ia, nesse caso, de uma explicação pelas causas finais. Este tipo de explicação, no entanto, foi, segundo ele, excluído das ciências positivas, uma vez que a finalidade tende a ser suposta ou concebida pelo observador e, portanto, nem sempre é a realmente almejada. Além do mais, os homens sempre procuram justificar a sua prática social buscando razões e finalidades que são, no entanto, "elaboradas após o fato, a prática e o estabelecimento das instituições."[14]

E conclui:

> A causa de um fenômeno é, segundo as palavras de Mill, o fenômeno antecedente invariável e incondicionado. O laço causal não vincula um agente e um ato, um poder e seu resultado, mas dois fenômenos exatamente da mesma ordem, o que implica em uma relação estável, em uma regularidade, em uma lei.[...]
> São condições necessárias para a constituição da ciência positiva dos fatos humanos: desviar-se dos fatos únicos em benefício dos que se repetem; descartar o acidental, vinculando-se ao regular; eliminar o individual, visando o estudo do fato coletivo e social.[15]

---

[12] SIMIAND, 2003, p. 50-51.

[13] *Idem*, p. 52.

[14] *Idem*, p. 53.

[15] *Idem*, p. 54.

27

Braudel: o diálogo cauteloso

Figura 2 – *Ferdinand Braudel (1902-1985), figura central dos Annales aprofunda o diálogo com as Ciências Sociais.*

Ao retomar essa discussão meio século após a publicação do artigo de Simiand, Braudel nos oferece uma contribuição mais modesta, em termos epistemológicos, para o estabelecimento das bases de colaboração entre as duas disciplinas. Com efeito, este autor refere-se à Sociologia enquanto "ciência que ainda não existe, mas para que não se deixará de tender, mesmo no caso de nunca se chegar a atingi-la", e à História enquanto "uma investigação cientificamente dirigida, em último extremo uma ciência, mas complexa."[16] A essas generalidades, Braudel agrega o comentário de que "não existe uma história, um ofício de historiador, mas sim ofícios, histórias, uma soma de curiosidades, de pontos de vista, de possibilidades", o que, de acordo com a definição clássica que o século XIX e parte do século XX adotaram e oficializaram, contradiz sua afirmação anterior de que a História é uma

---
[16] BRAUDEL, 1986, p. 121.

História & Sociologia

ciência. Contudo, revisionistas do marxismo, como E.P. Thompson, têm um outro olhar e uma outra proposta para essa ciência histórica, que se aproxima da de Braudel. Retomaremos essa questão mais à frente.

Quanto à existência de múltiplas histórias, Braudel imagina ver-se melhor compreendido pelos sociólogos que, como ele, afirmam existir "tantas maneiras, discutíveis e discutidas de abordar o passado quantas atitudes que existem perante o presente."[17]

Ao festejar a multiplicidade radical da história e constatar que ela não consiste apenas na diferença, no singular, no inédito, Braudel se pergunta "se mais para além dos acontecimentos não existe uma história inconsciente [...] que, em grande parte escapa à lucidez dos atores, dos responsáveis ou das vítimas: fazem a história, mas a história arrasta-as".[18]

Ora, como se vê, trata-se da mesma questão levantada meio século antes por Simiand, que, ao propugnar pela constituição das ciências sociais em bases científicas, afirma que à ciência interessam as regularidades dos fenômenos e não os eventos ou o inédito. Isso porque a objetividade da ciência decorre, fundamentalmente, da independência desses fenômenos em relação à nossa ação (ou consciência) particular. Mais uma vez, portanto, o que está em pauta é a velha disputa interna nos campos da Sociologia e da História entre as perspectivas que privilegiam, por um lado, a abordagem estrutural e, por outro, a análise da ação e da interação entre os indivíduos.

Ao observar que, a partir de 1945, pôs-se de novo a pergunta sobre a função e a utilidade da História e se ela devia ocupar-se, unicamente, do estudo do passado, Braudel invoca Claude Levy-Strauss e Lucien Febvre para argumentar que a História é uma dialética da duração, ciência

---

[17] BRAUDEL, 1986, p. 122.

[18] *Idem*, p. 130.

29

do passado e do presente. E conclui: "A história parece-me uma dimensão da ciência social, formando corpo com ela. O tempo, a duração, a história impõem-se de facto – ou deveriam impor-se a todas as ciências do homem. Não tendem para a oposição, mas sim para a convergência."[19]

Temos que reconhecer, todavia, que muitos problemas de ordem epistemológica permanecem sem resposta e que o diálogo entre historiadores e sociólogos, se não é falso, é, no mínimo, problemático. Braudel afirma, no entanto, que, além de se identificarem e se confundirem com muita freqüência, História e Sociologia são "as únicas ciências globais, capazes de estender a sua curiosidade a qualquer aspecto do social."[20]

Mas Braudel afirma também, e nisto concordamos com ele, que a identidade entre História e Sociologia não é completa. A nosso ver, os elementos que ele arrola nesse sentido constituem, em termos práticos, os mais fortes pontos de resistência ao pleno diálogo entre os profissionais das duas áreas, a saber: a engrenagem das formações, das aprendizagens, das carreiras e das heranças. Braudel enumera, no entanto, uma série de razões para o seu otimismo em relação a uma proveitosa colaboração entre as duas disciplinas, afirmando, por exemplo, que "a história [...] é um dos ofícios menos estruturados da ciência social e, portanto, um dos mais flexíveis e abertos".[21] Para ele, as ciências sociais encontram-se presentes entre os historiadores com mais freqüência até que na própria Sociologia cuja vocação seria, no entanto, a de englobá-las.

Com razão, argumenta, também, que existe "uma história econômica cuja riqueza envergonha [...] a muito exígua e anêmica sociologia econômica" e, até mesmo, "uma história

---

[19] BRAUDEL, 1986, p. 133.

[20] *Idem*, p. 134.

[21] *Idem*, p. 136.

História & Sociologia

social que, ainda que medíocre, nada tem a ganhar com o contacto dos maus estudos da sociologia tipológica."[22] Para Braudel, existe uma óbvia correspondência ou superposição entre o que fazem historiadores e sociólogos. Cita como exemplos a Sociologia do Conhecimento e a História das Idéias, a microssociologia e a chamada história dos acontecimentos, a Sociologia da Arte e a História da Arte, a Sociologia do Trabalho e a História do Trabalho, a Sociologia Literária e a História Literária.

Após explorar – e rejeitar – as possibilidades de que as oposições entre História e Sociologia residam no contraste entre o ontem e o hoje ou na oposição de estilos (a História seria mais continuísta, e a Sociologia, descontinuísta), Braudel introduz um elemento que, a nosso ver, é o mais profícuo de toda a sua argumentação: o que se refere aos distintos níveis históricos com os quais ambas as disciplinas devem estar em permanente contacto. Segundo ele, embora a História se situe em muitos níveis, é possível identificar três níveis fundamentais:

> Na superfície, uma história episódica [...] que se inscreve no tempo curto: trata-se de uma micro-história. A meia profundidade, uma história conjuntural de ritmo mais amplo e mais lento; e [...] a história estrutural ou de longa duração [que] determina séculos inteiros: encontra-se no limite do móvel e do imóvel.[23]

Lamentando que a Sociologia ainda não tivesse entrado em contato com essas três séries de níveis históricos, Braudel acrescenta que seu diálogo com a História não é da mesma índole ou não tem o mesmo ritmo nesses diferentes níveis: "Uma sociologia do episódico consistiria no estudo desses

---

[22] BRAUDEL, 1986.

[23] BRAUDEL, 1986, p. 143-144.

COLEÇÃO "HISTÓRIA &... REFLEXÕES"

mecanismos rápidos, efêmeros, nervosos, que registram dia a dia a chamada história do mundo que se está a fazer,"[24] o que coloca em pauta o velho diálogo entre o repetido e o inédito e o confronto entre a história tradicional, por um lado, e a microssociologia e a sociometria, por outro. Nesse ponto Braudel se indaga se estas últimas são, como pensa, mais ricas que a História superficial. E por quê? Quanto ao tempo conjuntural, ele afirma estar tudo por ser construído, tanto na História quanto na Sociologia. Uma questão interessante que ele se coloca é a de saber se a conjuntura é suficientemente forte para alterar "os jogos em profundidade, para favorecer ou desfavorecer os vínculos coletivos" ou, no jargão sociológico, para reforçar ou transformar processos estruturais.

Quanto ao plano da história de longa duração, Braudel é taxativo: "história e sociologia não se tocam (seria dizer pouco): confundem-se."[25] Isso se explicaria pelo fato de a história da longa duração ser uma história interminável das estruturas. Uma estrutura atravessa imensos espaços de tempo sem se alterar, e os seus traços só mudam muito lentamente. Para ele, o historiador adepto de Lucien Febvre e Marcel Mauss, aspira sempre apreender o conjunto, a totalidade do social e, por esta razão ele procura pôr em contato distintos níveis, durações, acontecimentos, conjunturas e estruturas.

Braudel argumenta não ser possível fugir à história e que é necessário que o sociólogo seja sensível a essa necessidade concreta da História: "Uma sociologia episódica oprime as nossas bibliotecas, os expedientes governamentais e as empresas."[26] Esta moda, segundo ele, não tem valor científico, pois não capta a rapidez ou a lentidão, a subida ou a queda do

---

[24] BRAUDEL, 1986, p. 144.

[25] *Idem*, p. 146.

[26] *Idem*, p. 150.

História & Sociologia

movimento que arrasta todos os fenômenos sociais. E conclui: "Não existirá ciência social, a meu ver, senão na reconciliação, numa prática simultânea dos nossos diferentes ofícios. Erguê-los um contra o outro é coisa fácil, mas já muito ouvida. Do que precisamos é de música nova."[27]

Burke: diálogo ou adesão?

Cerca de 40 anos após Braudel e mais de 80 anos após Simiand, um outro historiador, Peter Burke (1987), retoma a discussão sobre as relações entre História e Sociologia, desta feita a partir de uma perspectiva francamente favorável à assimilação, pela primeira, da linguagem e conceitos da segunda. Referindo-se à História Social, que, segundo ele, é algo mais do que história sem política, Burke argumenta que esta não pode prescindir dos conceitos e de um mínimo de termos técnicos da Sociologia.

Para ele, como a maior parte dos conceitos da Sociologia foram criados depois da Revolução Industrial, examiná-los em um contexto pré-industrial colocará à prova os limites de sua aplicação. Ora, se admitirmos que o objeto específico da Sociologia é a sociedade industrial capitalista, não é mesmo de se esperar que seus conceitos e modelos teóricos se apliquem sem problemas à análise de contextos pré-industriais. Os sociólogos dedicam-se, sobretudo, à análise da industrialização e de suas conseqüências, o que torna seus modelos explicativos "muito menos satisfatórios quando descrevem as mudanças anteriores a meados do século XVIII". Nesse sentido, Burke tem razão ao afirmar que, para os sociólogos, "a sociedade tradicional e a feudal são mundos espelho em que as características da sociedade moderna ou capitalista aparecem invertidas".[28]

---

[27] BRAUDEL, 1986.

[28] BURKE, 1987, p. 118.

COLEÇÃO "HISTÓRIA &... REFLEXÕES"

Por essa razão, parece-nos possível, inclusive, vislumbrar um amplo campo de pesquisa para os historiadores: o de uma "História sociológica" destinada a testar categorias e conceitos da Sociologia na investigação dos processos de transformação estrutural em sociedades pré-industriais, promovendo, se for o caso, a revisão da historiografia tradicional. Por sua vez, contando com interpretações mais refinadas dos processos históricos de longa duração, a ela indispensáveis, a Sociologia estaria em condições de aprimorar seus modelos explicativos da complexa vida social contemporânea. Outra alternativa, seria a de uma Sociologia histórica; mas, nesse caso, o sociólogo que a ela se dedicasse não estaria em desvio de função?

Voltando a Burke, são muitos os conceitos, categorias e modelos sociológicos que ele recomenda que sejam incorporados pelos historiadores. Estes poderiam tomar emprestado à Sociologia não apenas conceitos, mas também métodos. Referindo-se a Weber, que, em 1914, afirmou estar de acordo "que a história deve estabelecer o específico, por exemplo, da cidade medieval", mas que isso só seria "possível se primeiro descobrimos o que falta em outras cidades (antigas, chinesas, islâmicas)", Burke enfatiza que, além de dependentes e complementares, História e Sociologia empregam necessariamente o método comparativo.[29] Argumentando que, "ao ver o que varia em relação a que, permite entender mais facilmente as diferenças entre uma sociedade e outra", o autor nos lembra ser essa a razão de Durkheim haver considerado o método comparativo como uma espécie de experimento indireto sem o qual seria impossível passar da descrição à análise, acrescentando que alguns importantes historiadores do século XX, tais como Otto Hintze, Bloch e Toynbee, aprenderam o método comparativo dos sociólogos.[30]

---

[29] BURKE, 1987, p. 37.
[30] *Idem*, p. 38.

34

Figura 3 – *Peter Burke (1937-) é o mais enfático defensor da incorporação pela História dos métodos, conceitos e modelos sociológicos.*

Além do método, Burke sugere que os historiadores recorram a modelos e tipos, a análises de enquetes, aos conceitos de estrutura, função e papel social, às noções de parentesco, família, socialização, desvio, controle social, classe, estratificação e burocracia, entre outros. Segundo ele, os historiadores sempre evitaram a palavra modelo, mas, paradoxalmente, sempre utilizaram termos, tais como "feudalismo" e "capitalismo", "Renascimento" e "Ilustração", e, portanto, "como os sociólogos os historiadores sociais não podem prescindir do conceito de típico."[31] Burke sugere também que pode ser útil tomar dos sociólogos o conceito de índice, já que os dados nem sempre garantem respostas às perguntas formuladas pelos historiadores, a não ser ajustando-os ou comprimindo-os, de alguma forma, em categorias sem as quais não chegaríamos a qualquer conclusão.

Por outro lado, o historiador não deveria encontrar nada de estranho na idéia de utilizar duas palavras-chave do vocabulário do sociólogo: estrutura e função. Burke argumenta que o termo estrutura refere-se a uma entidade composta de

---

[31] BURKE, 1987, p. 43.

partes mutuamente dependentes e que tanto os historiadores quanto os sociólogos tendem a esperar que, em uma sociedade, tudo esteja relacionado entre si.

O conceito de função seria também uma ferramenta útil para o historiador, mas sua utilização exige cuidados, uma vez que ele tende a negligenciar a mudança, o conflito e as motivações individuais. Há que se considerar, no entanto, que a orientação funcionalista se justifica pelo fato de a investigação das ações e interações dos indivíduos não ser suficiente para a compreensão de uma sociedade.

Os historiadores teriam também a ganhar com o conceito de papel social, que é definido em termos de modelo de comportamento associado a "uma posição concreta na estrutura social: rei, menino, artista etc."[32] Isso permitiria explicar, em termos estruturais, "a conduta que se analisou em termos das personalidades."[33] Associadas à noção de papéis, encontram-se as noções de parentesco e família, esta última constituindo um exemplo claro de instituição que se define pelo conjunto de papéis interdependentes.

Úteis também ao historiador seriam os conceitos de socialização, desvio e controle social: uma das funções fundamentais da família é a socialização por meio da transmissão de normas e regras de uma geração a outra.

Por sua vez, o historiador corre risco na área da estratificação social, pois pode usar termos como casta, mobilidade etc., sem estar consciente das distinções traçadas pelo sociólogo. Para Burke, "o conceito de classe, em particular, é tão ambíguo quanto indispensável."[34] Na área da estratificação, é inclusive mais difícil não se servir de modelos do que em outros âmbitos da História social. O modelo mais conhecido

---

[32] BURKE, 1987, p. 60.

[33] *Idem*, p. 61.

[34] *Idem*, p. 74.

é o de Marx, que "oferece ao historiador social umas categorias amplas junto com uma explicação de sua eleição. Neste sentido proporciona à história Social justamente a 'espinha dorsal' que sempre necessitou."[35] Burke observa que algumas afirmações dos historiadores sobre a estrutura social devem ser tomadas mais como justificativas que como descrições objetivas e que os historiadores dos séculos XVII e XVIII enfrentaram problemas na conceituação de estrutura social.

Outro conceito útil aos historiadores seria o de burocracia, pois

> ao generalizar sobre as mudanças institucionais em um ou mais estados [...] os historiadores políticos cunharam expressões como "o estado como obra de arte", as "novas monarquias", o "auge do absolutismo" etc. A um sociólogo todas estas mudanças parecem exemplos locais de fases de transição de um tipo de governo a outro; nos termos de Max Weber de um sistema patrimonial a um sistema burocrático.[36]

Burke observa que, desde a distinção da monarquia, da aristocracia e da democracia pelos gregos, a tipologia de Weber é uma das contribuições mais significativas para a teoria da organização e que aos historiadores da Europa pré-industrial cabe a tarefa de mostrar como surgiu a burocracia e como funciona o sistema patrimonial.

Havendo enfatizado, com estes conceitos e categorias, o que os historiadores podem incorporar da Sociologia, Burke propõe-se, por outro lado, a discorrer sobre o que os sociólogos podem aprender com a História. Para ele, a contribuição mais significativa que esta última pode dar à Sociologia é em relação à teoria da mudança social. Burke disseca os dois modelos de mudança social atualmente em uso – o modelo

---

[35] BURKE, 1987, p. 75.

[36] *Idem*, p. 87.

da modernização e o modelo do conflito – de forma a identificar o que neles incomoda os historiadores e sugerir como estes últimos podem contribuir para aprimorá-los. O modelo da modernização, que enfatiza a evolução social de um estágio de homogeneidade incoerente para outro de heterogeneidade coerente, é o utilizado por Durkheim e Weber. Neste modelo, a mudança se resume à urbanização, secularização e diferenciação estrutural, o que tende a incomodar, sobretudo, "os historiadores das sociedades tradicionais complexas como a Roma imperial, a China Ming e a França bourbônica". Neste modelo, a sociedade tradicional é definida como o contrário da sociedade em que vive o sociólogo, e a mudança é vista como um movimento linear do simples para o complexo. Os historiadores de períodos anteriores mostram mudanças no sentido contrário: o Império Romano, a Espanha e a Itália dos séculos XVI e XVII e a Europa Oriental. Burke lembra que há uma grande variedade de estruturas sociais tradicionais e que muitas delas se mostraram mais resistentes à mudança do que supõe o modelo da modernização. Por sua vez, a mudança social tende a ser mais multilinear que unilinear: Nápoles do século XVII com uma população de meio milhão era um caso de urbanização sem alfabetização ou participação, enquanto a Suécia do século XVIII, apesar de pouco urbanizada, tinha cerca de 90% de sua população alfabetizada. A dinâmica da modernização é mais complexa.

O modelo da modernização sugere ainda que a mudança é basicamente interna a um sistema social, embora haja muitos exemplos de mudança originada externamente (a Índia inglesa é um deles). Burke observa, no entanto, que houve mudanças no modelo, por exemplo, com Eisenstadt, que deixa espaço para as pressões externas assim como para a regressão à descentralização.

Quanto ao modelo de Marx, Burke argumenta que algumas de suas versões superam as três principais críticas feitas a Spencer. Em primeiro lugar, porque abrem a possibilidade de mudança no sentido inverso, isto é, a refeudalização ou o desenvolvimento do subdesenvolvimento, e, em segundo, porque Marx dedica maior atenção à mudança, em especial à transição do Feudalismo para o Capitalismo. Para ele, as estruturas não mudam automaticamente, mas sim, por meio de movimentos dialéticos. Marx considerava, ainda, que o esquema tribal-escravista-feudal-capitalista aplicava-se apenas à Europa e não sugere, por exemplo, que a Rússia ou a Índia pudessem seguir o caminho ocidental. Em terceiro lugar, Marx dá espaço para explicações exógenas, isto é, dá relevo às conexões entre as mudanças em uma dada sociedade e a mudança nas demais.

A principal crítica dos historiadores ao modelo de Marx é a de que ele é pouco satisfatório para as sociedades pré-industriais, na medida em que não especifica a natureza do conflito social antes do desenvolvimento da consciência de classe. Burke conclui, no entanto, que o modelo de Marx, que enfatiza o conflito, e o de Spencer, que dá ênfase à evolução e à adaptação, são complementares e que há sinais de síntese e convergência entre eles, por exemplo, nas obras de Barrington Moore e Tilly.

Cabe observar, finalmente, que a perspectiva de Burke é francamente favorável a uma ampla incorporação pela História das categorias e conceitos formulados pela Sociologia, o que está longe de ser uma posição consensual entre os historiadores.

Essa rápida descrição das abordagens desses autores sobre as relações entre História e Sociologia nos leva às seguintes considerações:

1) A perspectiva essencialmente epistemológica de Simiand constitui, a nosso ver, o primeiro e mais profícuo esforço no sentido de pontuar as distinções entre a abordagem da História tradicional e a da nova ciência social, a Sociologia. Ainda sob forte influência da Filosofia, a primeira permanece fiel a seus

métodos e objetos muitos gerais, priorizando as perspectivas que enfatizam o evento, o individual e a ordem cronológica. Tributária direta das novas correntes de pensamento, notadamente o positivismo, a Sociologia, ao contrário, privilegia a formulação de hipóteses, a elaboração de conceitos e a análise das regularidades com o propósito explícito de identificar as leis que regem a vida social. Ao preconizar para a História procedimentos semelhantes aos da Sociologia, Simiand ou bem aposta na possibilidade de unificação de seus métodos, ou bem sugere que a História, mantendo-se fiel aos seus procedimentos convencionais, se contente em prover os sociólogos de matéria-prima a ser sociologicamente reinterpretada. Não se pode negar que a iniciativa de Simiand foi, de alguma forma, bem-sucedida, pois, como veremos, seu programa será retomado, anos mais tarde, pelos historiadores dos Annales em seu esforço de ampliação do diálogo com as demais ciências sociais. Como bem observa José Carlos Reis (2000), o texto de Simiand "é de uma riqueza tal que só os novos historiadores terão condições de analisar e absorver".[37]

2) Convencido da inevitabilidade do diálogo iniciado por Febvre e Bloch com as ciências sociais, Braudel propõe-se a aprofundá-lo. Movido, menos talvez, pela convicção sobre as eventuais vantagens dos métodos e procedimentos destas disciplinas que pela intenção de garantir à História o domínio sobre elas, Braudel desenvolve uma série de argumentos que, embora pertinentes, pouco contribuem para aplainar as arestas epistemológicas entre a História e

---

[37] REIS, 2000, p. 52.

as demais ciências sociais. Aliás, em relação à Sociologia este autor não apenas mantém prudência como também, por vezes, a ela se refere em tom mordaz. A nosso ver, são duas as suas principais contribuições para ampliar a colaboração entre História e Sociologia. Braudel sugere que ambas devem atentar para os processos de curta, média e longa duração e que o diálogo entre elas varia em cada um destes níveis. Ao admitir que, em relação aos fenômenos de longa duração, História e Sociologia se confundem, Braudel implicitamente reconhece que a primeira não pode prescindir da análise das regularidades, isto é, da abordagem estrutural que constitui a própria razão de ser da Sociologia. A segunda contribuição reside no fato de este autor chamar a atenção para os pontos de maior resistência ao diálogo entre os profissionais das duas áreas. Ao sugerir que esses pontos de resistência são as engrenagens das formações, das aprendizagens e das carreiras, Braudel aponta para problemas de ordem prática sobre os quais nos parece conveniente fazer algumas reflexões. Refiro-me às grades curriculares dos cursos superiores de História e Sociologia. O que pode reter de conhecimento sociológico um jovem estudante de História senão vagas noções sobre o pensamento dos clássicos da Sociologia? Com efeito, os cursos de introdução a esta disciplina, além da reduzida carga horária, são oferecidos logo após o ingresso do estudante na universidade, isto é, quando ele ainda está pouco habituado aos níveis de abstração da teoria sociológica clássica. O próprio aluno de Ciências Sociais vê-se, muitas vezes, prejudicado pela ligeireza com que é introduzido a conteúdos disciplinares de alta complexidade teórica. Se é verdade que a esse aluno é oferecida a oportunidade de aprofundar sua formação teórica em períodos posteriores, o mesmo não se pode dizer do estudante de História. Por sua vez, longe de oferecer uma visão integrada dos conceitos fundamentais da Sociologia, os cursos introdutórios restringem-se à exposição do pensamento dos clássicos enquanto paradigmas incompatíveis entre si, o que leva o jovem aluno a tomar partido em relação a uma ou outra corrente de pensamento. É comum ouvir de professores de cursos introdutórios à Sociologia que os estudantes apreendem com facilidade os ensinamentos de Durkheim, mas logo os abandonam por julgá-los conservadores e pouco consistentes. Esses mesmos alunos, embora assimilando mal o conteúdo altamente abstrato do pensamento marxista, a ele tendem aderir por se identificarem com seu caráter libertário. A pergunta óbvia a se fazer, nesse caso, é se esses professores não estariam reproduzindo junto a seus discípulos os equívocos a que foram expostos em seus processos de formação.

3) Quanto a Burke, julgamos problemática sua posição francamente favorável à incorporação, pela História, dos métodos e conceitos da Sociologia. No limite, tal incorporação não levaria ao próprio desaparecimento da História enquanto disciplina autônoma? Por outro lado, a correta utilização desses métodos, conceitos e categorias, mais do que sensibilidade sociológica, exige do historiador pleno domínio da teoria sociológica, vale dizer, exige que, além de historiador, ele se torne sociólogo. Por sua vez, mesmo admitindo que os métodos e conceitos da Sociologia possam contribuir para o aprofundamento da análise histórica, vale lembrar que eles não estão isentos de

problemas: as imprecisões conceituais que rondam a Sociologia, inclusive em relação a noções fundamentais como a de estrutura, podem comprometer a qualidade da investigação histórica.

Procuramos, no presente capítulo, delinear, em linhas muito gerais, os problemas que afetam as relações entre História e Sociologia. Nos capítulos que se seguem, tentaremos identificar a natureza das "crises" por que vêm passando essas disciplinas, salientando que as relações de conflito entre elas têm suas raízes no final do século XIX, quando a intensificação do processo de divisão do trabalho científico fomenta as divergências epistemológicas no campo das humanidades.

CAPÍTULO II

A crise da História

Mais do que aprofundar a discussão do que seria a chamada "crise" da História, o presente capítulo procura averiguar de que forma esta crise estaria relacionada à questão da interdisciplinaridade ou, mais especificamente, às relações entre História e Sociologia. Com efeito, autores contemporâneos que se dedicaram a essa questão tendem a concluir que o diálogo entre História e Sociologia tem se realizado de forma detrimental para a primeira, a ponto de gerar o que eles entendem tratar-se de uma verdadeira crise da disciplina.

Duas obras datadas do último quartel do século XX – *A História em migalhas*, de François Dosse e *Sur la crise de l'histoire*, de Gérard Noiriel – contemplam uma exaustiva discussão dos elementos que caracterizariam a crise do pensamento histórico contemporâneo na qual são freqüentes as passagens em que eles atribuem os problemas enfrentados pela História a seu contato com a nova ciência social.

Advertimos, de imediato, que não se trata, aqui, de endossar as perspectivas desses autores que, além de escreverem sobre um período que vai, no máximo, até final dos anos 80 do século passado, não têm suas opiniões plenamente respaldas pela comunidade dos historiadores. Admitimos, no entanto, que alguns de seus argumentos apontam, por um lado, para reais problemas nas relações entre História e Sociologia e, por outro, para elementos de uma crise de natureza epistemológica, que,

45

COLEÇÃO "HISTÓRIA &... REFLEXÕES"

antes de constituir uma crise específica da disciplina histórica, perpassa o conjunto das ciências humanas. São testemunho disso as dificuldades apresentadas pelo trabalho interdisciplinar e as disputas teóricas internas a cada disciplina que, a nosso ver, deitam raízes no incipiente desenvolvimento da divisão do trabalho intelectual no campo das humanidades.

Na visão de Jorge Grespan (2005), "o que a interdisciplinaridade impõe, mas que transcende a perspectiva que a criou, é a redefinição completa e profunda dos campos de saber delimitados ainda no século XIX, é a redistribuição do trabalho intelectual".[1] Por sua vez, Thompson, ao referir-se ao objeto humano real, em todas as suas manifestações (passadas ou presentes), como centro das preocupações da teoria marxista, afirma que esse objeto

> não pode ser conhecido num golpe de vista teórico (como se a Teoria pudesse engolir a realidade de uma só bocada), mas apenas através de disciplinas separadas, informadas por conceitos unitários. Essas disciplinas ou práticas se encontram em suas fronteiras, trocam conceitos, discutem, corrigem-se mutuamente os erros.[2]

É apenas nesse sentido que o tema da crise da História, abordado por Noiriel e Dosse, é incorporado ao presente trabalho. Queremos dizer, com isso, que alguns dos elementos por eles apontados como responsáveis pela crise da História são, de fato, os mesmos que afetam o conjunto das ciências sociais e que, ao invocá-los, estamos, na verdade, tratando dos eventuais impasses da interdisciplinaridade, dos problemas que afetam as inevitáveis relações entre História e Sociologia.

---

[1] GRESPAN, 2005, p. 296.
[2] THOMPSON, 1981, p. 55.

46

História & Sociologia

Embora as críticas à História tradicional antecedam no tempo àquelas formuladas por Simiand, seu artigo publicado em 1903 tende a ser considerado um divisor de águas, ou melhor, uma bomba que explode entre os historiadores franceses, dando origem a um amplo questionamento dos métodos e procedimentos da pesquisa histórica que se arrasta até os dias de hoje. É isso que sugerem Dosse e Noiriel em suas avaliações dos processos de institucionalização e profissionalização da disciplina, da natureza da pesquisa histórica e das estratégias adotadas pelos historiadores na disputa pelo controle de posições de poder na universidade e nas instituições de pesquisa.

Gerard Noiriel e o paradigma científico da História

Afirmando que o tema da "crise da História" tem sido uma constante há cerca de dois séculos, este autor propõe-se não a fazer um diagnóstico do estado de saúde da disciplina, mas a identificar as razões que têm levado um crescente número de historiadores a falar de crise da disciplina num momento em que seu prestígio encontra-se particularmente elevado. Um exemplo desse prestígio seria o fato de a maior parte das ciências sociais preconizarem o retorno à História. Citando Peter Norvik, Noiriel observa, no entanto, que, a partir do início da década de 1980, um número cada vez maior de historiadores tende a concordar que a História deixou de ser uma disciplina coerente "não apenas porque o todo é inferior à soma das partes, mas porque não existe mais o todo, somente as partes"[3]. Como veremos mais à frente, essa é também a perspectiva de François Dosse.

Noiriel observa que, desde o final do século XIX, os historiadores teriam ficado dependentes do mercado e das

---

[3] NOIRIEL, 1996, p. 12. Tradução nossa.

edições comerciais e que, para se adaptar a essa situação, os historiadores franceses viram-se na contingência de ocupar posições importantes como diretores e conselheiros literários nas grandes editoras, bem como ocupar espaços nos organismos estatais que controlam a disciplina. Se, por um lado, tal estratégia teria permitido à História conservar seu espaço privilegiado no sistema universitário francês, por outro, a profissão teria se fragmentado entre múltiplas preocupações e interesses. A seu ver, foi a reforma universitária da III República que evitou que as tendências centrífugas que ameaçavam a disciplina culminassem numa verdadeira explosão.

Por sua vez, a abertura da História às novas ciências sociais teria dado motivo a desavenças entre os historiadores que defendem tal colaboração e aqueles que, ao contrário, a ela atribuem a responsabilidade pelo aprofundamento da crise da disciplina. A esses problemas, soma-se o fato de muitos historiadores terem-se voltado para o grande público, transformando-se em jornalistas de tempo parcial, o que teria dado origem a um outro tipo de disputa entre eles: a oposição entre os que desfrutam e os que não desfrutam dos privilégios da vulgarização da disciplina. O resultado teria sido a vertiginosa queda das publicações de ponta, decorrentes da pesquisa original, frente aos livros de vulgarização e aos manuais escolares. Noiriel observa, no entanto, que, para muitos historiadores, mais do que as mutações profissionais, são as incertezas sobre o saber histórico que constituem, de fato, a razão da crise da disciplina. Tendendo a concordar com essa perspectiva, retomaremos, mais à frente, a discussão sobre as dimensões epistemológicas dessa crise.

Voltando à questão da abertura para as disciplinas vizinhas, cabe observar que, em editorial do final dos anos de 1980, o comitê dos Annales atribui a crise da História ao enfraquecimento das alianças interdisciplinares que ela havia estabelecido há mais de 60 anos. Para se adaptar às mutações ensejadas pela interdisciplinaridade, a revista dos Annales abriu seu comitê de redação a não-historiadores e abandonou o subtítulo *économies-societés-civilizations,* que contribuiu para fixar a identidade da revista ao longo do período posterior à Segunda Guerra, para adotar um outro – *histoire-sciences sociales* – mais adequado à pluralidade das abordagens que então se desejava.

As polêmicas em torno da crise de identidade da História evidenciariam também uma clivagem clássica que prolonga a oposição no seio da disciplina, entre a "direita" e a "esquerda". Num pólo, encontram-se os historiadores que defendem as tradições e sugerem que a História se curve à sua própria identidade, e, no outro, os partidários da inovação que desejam que a disciplina se abra ainda mais para o exterior. Autores como Thuillier e Tulard, por exemplo, atribuem a crise do saber histórico à sua politização e às suas alianças com as ciências sociais. Ambos se opõem ao caráter ideológico, sobretudo da História Econômica e da História Social, que, influenciadas pelo marxismo e pela Sociologia, tentam doutrinar, manipular e "ensinar a verdade".

No pólo oposto, encontram-se os historiadores que interpretam a crise do saber histórico de forma totalmente diversa dos tradicionalistas, afirmando ser indispensável a abertura cada vez maior da disciplina. Argumentam eles que não há como discutir o problema da "verdade" e da "objetividade" na História sem um mínimo de formação filosófica, isto é, sem aceitar a interdisciplinaridade. Para essa corrente de historiadores, "a objetividade que os tradicionalistas reivindicam não é senão uma máscara que mal encobre posições políticas conservadoras".[4] Privilegiar o estudo dos grandes homens e curvar-se às leis do mercado seriam escolhas que desmentem as proclamações de imparcialidade. Na "conjuntura revolucionária" do

---

[4] NOIRIEL, 1996, p. 36-37. Tradução nossa.

pós-1968, são sobretudo os trabalhos de inspiração marxista que criticam a idéia de objetividade, afirmando que a História praticada nas universidades era um "saber burguês" ao qual se deveria opor uma História proletária. Essa corrente historiográfica foi, posteriormente, marginalizada em decorrência da crise do movimento operário e da ação deliberada da fração dominante na comunidade dos historiadores franceses. Tal como na França, as polêmicas entre os historiadores norte-americanos a respeito da crise da História obedecem à clivagem direita/esquerda. Noiriel observa, no entanto, que, nos Estados Unidos essa clivagem atinge uma amplitude bem maior, opondo não apenas tradicionalistas e modernistas, mas, também, as distintas correntes em que se dividem estes últimos. Tais correntes tendem a desenvolver sua própria concepção de verdade histórica.

Segundo Noiriel, a comunidade dos historiadores tem sido minada pela multiplicação das polêmicas propiciadas pela generalização dos-mal entendidos gerados pela abertura da História ao mundo exterior. Argumenta ele que, da mesma forma que a internacionalização da pesquisa deu origem a mal-entendidos entre, por exemplo, historiadores franceses e americanos, devido à inexistência de uma linguagem comum, a interdisciplinaridade teria favorecido o distanciamento entre os que continuam a falar a mesma linguagem e aqueles que tomaram emprestado a linguagem teórica das ciências sociais e da Filosofia. Mesmo entre as correntes favoráveis ao trabalho interdisciplinar, existiriam mal-entendidos decorrentes do fato de que os praticantes de uma dada disciplina tomam emprestado a seus vizinhos argumentos que eles deformam para adaptá-los às necessidades do domínio ao qual pertencem.

Outro elemento de conflito seria a abertura da História para a atividade política e para a mídia: os historiadores que buscam o contato com o grande público procuram evitar o jargão das ciências sociais, trazendo à baila, sobretudo no que se refere à história contemporânea, a questão das relações entre História e memória, entre amadores e profissionais e entre historiador-jornalista e jornalista-historiador.

A multiplicação das situações em que o historiador do tempo presente é solicitado a opinar lhe assegura a notoriedade que seu trabalho, em si mesmo, talvez não garantisse. Em contrapartida, isso "agrava a confusão entre pesquisa histórica e investigação jornalística", transformando-se numa "fonte de tensão que aparece como símbolo suplementar da crise da história".[5]

Segundo Noiriel, enquanto esses tipos de polêmica se multiplicam, as principais controvérsias científicas praticamente desaparecem da cena historiográfica francesa. O debate histórico na atualidade teria voltado ao nível do período entre guerras, quando prevalecia uma espécie de prudência acadêmica que evitava uma verdadeira discussão sobre a produção científica. Era justamente essa prudência acadêmica que os primeiros Annales procuraram combater.

Um outro componente da crise da História seria o recuo das práticas coletivas de pesquisa que, no período que se segue à Segunda Guerra Mundial, teria possibilitado inovações na disciplina que a mera justaposição de pequenas obras não teria garantido.

A esses problemas se adicionaria o relaxamento das regras da vida universitária após maio de 1968, sob a pressão dos novos valores individualistas e liberais. Citando Daniel Roche, Noiriel conclui que, "nas ciências humanas, a liberdade total ou quase total leva a duas conseqüências: a dispersão em múltiplas atividades para as mídias e para publicações efêmeras [e]; a desaceleração das pesquisas fundamentais".[6]

---

[5] NOIRIEL, 1996, p. 42. Tradução nossa.

[6] NOIRIEL, 1996, p. 46. Tradução nossa.

COLEÇÃO "HISTÓRIA &... REFLEXÕES"

Quanto ao caráter científico da disciplina, Noiriel argumenta que seus problemas atuais são também a expressão de uma contradição que atravessa toda a sua história. A disciplina conquistou sua autonomia no campo intelectual situando-se no terreno da pesquisa empírica e rejeitando as generalidades que eram especialidade dos filósofos. Mas, paradoxalmente, os historiadores passaram a desenvolver, eles próprios, "discursos gerais" sobre a História, abandonando o trabalho empírico e adotando uma "metalinguagem" emprestada da Filosofia.

Já no início do século passado, Seignobos se indaga sobre o que deve fazer o historiador para manter um discurso sobre sua prática e, ao mesmo tempo, permanecer no interior da disciplina. Observando que essa questão exprime uma constante inquietação da comunidade profissional dos historiadores, Noiriel propõe-se a respondê-la analisando as grandes etapas que permitiram à História constituir-se enquanto paradigma científico. Referindo-se às condições enunciadas por Thomas Kuhn para a emergência de um paradigma científico, o autor se propõe a examinar como se constituíram a matriz disciplinar e a comunidade profissional dos historiadores. Para tanto, ele analisa sucessivamente as seguintes dimensões: a tarefa do historiador; a formação das comunidades profissionais nacionais; a profissionalização e a solidariedade profissional como solução prática para o problema da objetividade do saber histórico.

A TAREFA DO HISTORIADOR

Quanto à primeira dessas dimensões – a tarefa do historiador –, Noiriel observa que, embora tenha sido praticada desde a Antigüidade, o conceito atual de História só foi efetivamente elaborado ao final do século XVIII, sob a influência do Iluminismo e da Revolução Francesa. A História aparece,

História & Sociologia

agora, não como uma pluralidade de exemplos, mas como um "coletivo singular", como a soma de todas as experiências humanas. "Um mesmo conceito serve a partir de então para designar a história, ao mesmo tempo, enquanto realidade e enquanto reflexão sobre esta realidade".[7] Ao analisar a chamada "Escola Histórica Alemã", Noiriel elabora um ilustrativo resumo da tarefa do historiador tal como enunciada por Humboldt e Renan. Veremos, mais adiante, como estes historiadores, ao preconizar uma História compreensiva capaz de estabelecer as pontes entre o particular e o geral, num verdadeiro esforço de síntese, em muito, se aproximam da descrição das tarefas que a Sociologia veio a assumir.

Aliás, se admitirmos que o que se preconizava para a História, de maneira um tanto nebulosa, era, afinal de contas, atentar para a dimensão estrutural dos fenômenos sociais de forma a contextualizar a ação (ou o evento), é bem provável que a Sociologia tivesse enfrentado maiores dificuldades para constituir-se enquanto disciplina autônoma. Em outras palavras, a emergência e a consolidação da Sociologia parecem decorrer, em parte, do vácuo epistemológico que a História, por razões históricas, não foi capaz de preencher. Ao que parece, trata-se de um fenômeno que se inscreve na lógica do processo de crescente divisão do trabalho científico.

A História, enquanto objeto de estudo e reflexão, vê-se valorizada a partir de 1810, quando Wilhelm von Humboldt cria a Universidade de Berlim. É, no entanto, à "filosofia histórica, dominada pela imponente figura de Hegel, que é confiada a tarefa de pesquisar a verdade sobre o passado".[8] Hegel considera que para compreender a história, é inútil seguir o curso dos eventos singulares, e nisso concordam com ele os sociólogos e historiadores que, mais tarde, vão criticar

---

[7] NOIRIEL, 1996, p. 49.

[8] NOIRIEL, 1996, p. 50. Tradução nossa.

53

COLEÇÃO "HISTÓRIA &... REFLEXÕES"

a História *événementiel* e enfatizar a necessidade de se contemplar a análise das estruturas. Hegel afirma que o mais importante é identificar a "Idéia" suprema que rege o autodesenvolvimento do universal. Em que pese o fato de esta filosofia postular a existência de entidades metafísicas por tráz da realidade, cremos não ser absurdo imaginar (sabe-se lá o que Hegel tinha em mente) que a expressão "Idéia" guarda alguma correspondência com as noções mais modernas de estrutura, processo ou lógica estrutural. Noiriel afirma que, para Hegel, são essas "entidades metafísicas [ou estruturais?] que o filósofo deve se esforçar para trazer à luz, para identificar 'a objetividade' de todo conhecimento, partindo da história".[9] Acontece que, ao invocar o fato de que o historiador médio tende a ver os dados por intermédio de suas próprias categorias e ao afirmar que a História não consegue distinguir "o que faz sentido na massa infinita de eventos", Hegel termina por subordinar esta última à Filosofia.[10]

Embora rejeitando as especulações filosóficas hegelianas, Humboldt admite que a História é, na verdade, a realização de uma "Idéia" e que esta é a sua própria essência. Isso posto, o historiador alemão considera que "o melhor meio para aceder ao universal, é estudá-lo em suas realizações particulares", por exemplo, as individualidades nacionais. Cada uma das "individualidades" estudadas pelo historiador é, ao mesmo tempo, a expressão do "todo" e uma combinação dos elementos que constituem esse "todo". Por isso, tornar-se-ia imperativo esclarecer o laço que agrega esses elementos em uma configuração singular. É procedendo dessa forma que se pode esperar obter uma imagem apropriada do conjunto. Para se aproximar da verdade histórica, seriam necessárias a investigação rigorosa, imparcial e crítica do que está sendo

---

[9] NOIRIEL, 1996, p. 51.

[10] *Idem*, p. 52.

História & Sociologia

observado e a elaboração da síntese do campo explorado. É nesta atividade de síntese que se concentrariam as maiores dificuldades do historiador.

Há que se observar, a esta altura, que termos conceitualmente vagos como a "Idéia", o "todo", o "universal", que povoam o discurso filosófico sobre a História, ao dar margem a múltiplas interpretações de seus significados, tendem a alimentar as imprecisões a respeito da própria tarefa do historiador. Se admitirmos que, para Humboldt, esses termos possam ter significados semelhantes aos de estrutura ou de lógica estrutural, correntes na Sociologia, conclui-se que esta última beneficiou-se de uma maior precisão conceitual.[11]

Ao dar ênfase ao trabalho de ligar todas as peças e fragmentos oferecidos pela observação imediata como forma de alcançar a verdade, Humboldt argumenta que só a intuição e a imaginação criadora são capazes de "restituir o laço vital que solda os diversos elementos em um todo orgânico, que permanece invisível à observação imediata".[12] A importância por ele atribuída a esse poder de evocação e aos procedimentos compreensivos dever-se-ia ao fato de que "o historiador deve buscar a vida por trás dos traços que ela nos deixou."[13]

Também na Sociologia, há lugar para a intuição e a criatividade subentendidas na referência à "imaginação sociológica". Há que se reconhecer, no entanto, que a rejeição do racionalismo abstrato pela História, tal como propõe Humboldt, é um dos elementos que a distanciam da Sociologia, como bem demonstra Simiand. Ao contrário do que se passa

---

[11] Reis argumenta que a ciência social no século XX embora duvidando do conceito marxista de modo-de-produção e recusando o determinismo das relações sociais de produção retêm a tese marxista central de que os eventos históricos e sociais se explicam pela "estrutura", conceito cuja compreensão varia de escola para escola (REIS, 2004, p. 56).

[12] NOIRIEL, 1996, p. 53. Tradução nossa.

[13] *Idem*, p. 54.

COLEÇÃO "HISTÓRIA &... REFLEXÕES"

com a História, são exatamente as abstrações teóricas, traduzidas em noções, conceitos, categorias e modelos, que dão origem e sustentam a existência da Sociologia enquanto disciplina autônoma. Por essa razão, diferentemente do que ocorreu com a História, na Sociologia, a construção de um arcabouço teórico mínimo precedeu a empiria.

Também Renan, convencido de que "o objetivo da história é dar a 'verdadeira intuição da humanidade', aquiesce à idéia de que a tarefa primordial do historiador é apreender o todo como uma combinação particular de seus elementos".[14] Mais próximo de Hegel que Humboldt, Renan vê a história de uma perspectiva teleológica: "como uma dialética do 'devir' organizada em torno de três etapas". Num primeiro momento da humanidade, todos os elementos encontram-se interligados "num sincretismo confuso". O tempo se encarregaria de promover uma crescente separação desses elementos, dando origem à "idade da análise" que, por sua vez, prepara a era da "síntese", isto é, o grande quadro definitivo. Esse quadro definitivo reagrupa as partes isoladas que, por terem permanecido longo tempo separadas, tomam consciência de si próprias, fundando uma unidade superior.[15]

Tal como Spencer e Auguste Comte, Renan parece perceber a evolução da humanidade como um processo que parte gradativamente de um estado de completa homogeneidade para um de crescente diferenciação e complexidade social. Mas o que, para os primeiros, é apenas uma evolução natural das formas de organização social, para o segundo, corresponde a etapas do conhecimento histórico: sincretismo, análise e síntese, para Renan, correspondem a três etapas do conhecimento. Partindo desse raciocínio Renan conclui que como, "a ciência da história encontra-se ainda na infância, o

---

[14] NOIRIEL, 1996, p. 54.
[15] *Idem*, p. 55.

56

História & Sociologia

historiador do século XIX permanece circunscrito ao estágio da análise".[16] Não se pode esperar que um estudioso percorra essas três etapas.

AS COMUNIDADES PROFISSIONAIS

Quanto à segunda condição indispensável à constituição de um paradigma científico – a formação das comunidades profissionais – Noiriel observa que, no início do século XIX, ainda não existia uma verdadeira comunidade profissional, mas apenas autores engajados na produção de uma obra pessoal. A formação de verdadeiras comunidades profissionais só se torna possível ao final desse mesmo século, entre outras razões, pela "nova reviravolta do pensamento causada pelo positivismo".[17]

Mesmo reconhecendo a importância do papel desempenhado por essa corrente de pensamento na constituição do paradigma da História, a qual contribuiu, por exemplo, para romper com o historicismo e estabelecer novas relações entre Filosofia e História, Noiriel termina por afirmar que Comte reserva a esta disciplina o lugar de campo de manobras a serviço da ciência social. Com efeito, Comte rejeita as especulações teleológicas e metafísicas que dominavam a reflexão sobre a história no período anterior e desenvolve uma concepção do conhecimento científico de acordo com uma nova definição de objetividade. Esta supõe a formulação de hipóteses teóricas e a verificação experimental dos conhecimentos produzidos pela pesquisa.

Embora concebendo as relações entre filósofos e pesquisadores sobre uma base igualitária, Comte propõe uma hierarquia do saber que restabelece a soberania da Filosofia

---

[16] NOIRIEL, 1996, p. 55. Tradução nossa.
[17] *Idem.*

COLEÇÃO "HISTÓRIA &... REFLEXÕES"

sobre o conhecimento histórico. Este último é por ele situado no nível inferior da escala, em razão "de seu caráter muito concreto e de sua incapacidade de produzir leis."[18] Ademais, Comte se mostra favorável à criação "de uma ciência da sociedade, a 'sociologia', concebida sobre o modelo das ciências da natureza", opondo, assim, à História uma concorrente que, na percepção de Noiriel, vai se beneficiar sozinha dos prestígios da ciência. É nesse sentido que o positivismo desempenhará um papel direto na primeira grande crise da História.[19]

A PROFISSIONALIZAÇÃO

Referindo-se à terceira condição para a emergência da História enquanto paradigma científico – a profissionalização –, Noiriel propõe-se a identificar o papel desempenhado pelo positivismo nesse processo. Ele observa, em primeiro lugar, que não cabe mais à pesquisa histórica identificar as manifestações da "Idéia", mas sim estabelecer a verdade de acordo com os princípios da ciência.

Os historiadores convertem-se, rapidamente, a essas novas regras, tirando proveito do significativo apoio concedido pelo Estado à pesquisa científica nos países desenvolvidos. Novas cadeiras são criadas nas universidades, permitindo a constituição de comunidades profissionais. Estas últimas vêem-se reforçadas pelo processo de consolidação dos Estados Nacionais, que exige a participação dos historiadores na difusão da "memória coletiva, fundamento da identidade nacional".[20] Com isso, o historiador tende a transformar-se em um profissional assalariado – mormente funcionário público –, a quem cabe transmitir conhecimentos às novas gerações.

---

[18] NOIRIEL, 1996, p. 57.

[19] *Idem.*

[20] NOIRIEL, 1996, p. 59. Tradução nossa.

58

"A multiplicação dos postos de trabalho se faz acompanhar de uma hierarquização das funções que permite dar sentido à noção de 'carreira universitária'".[21] Nesse período, multiplicam-se também as revistas especializadas e as entidades profissionais que, segundo Kuhn, são parte do processo de constituição de um paradigma científico. Simultaneamente, dá-se a reformulação da tarefa do historiador, em sintonia com os pressupostos estabelecidos por Humboldt, de forma a adaptá-la às exigências do positivismo e da profissionalização da disciplina, "para formar o paradigma da ciência histórica tal qual ela é praticada até os dias de hoje".[22] Essa nova perspectiva é explicitada por Monod no texto de apresentação do primeiro número da *Revue Historique*. Seu silêncio a respeito do objeto da História seria, no entanto, uma estratégia para encerrar a era das polêmicas com a Filosofia: tendo se tornado uma ciência empírica, a História não tinha mais necessidade da Filosofia. Monod argumenta que, exercendo o historiador uma atividade especializada, tornam-se necessários o contato direto com as fontes e a adoção de procedimentos indutivos. Com isso estaria eliminado o risco de generalizações prematuras. "É no quadro desta nova concepção de pesquisa científica, vista como movimento que vai do 'particular' ao 'geral', que é repensado o problema das relações entre a análise e a síntese."[23]

Para Renan, essa passagem do particular ao geral deve ocorrer nos termos da dialética hegeliana, isto é, fazendo da análise e da síntese "duas idades sucessivas da história da humanidade".[24] Essa perspectiva, no entanto, é rejeitada por Langlois e Seignobos cuja abordagem será marcada pelo

---

[21] NOIRIEL, 1996, p. 60.

[22] *Idem*, p. 60-61.

[23] *Idem*, p. 62.

[24] *Idem*, p. 62.

COLEÇÃO "HISTÓRIA &... REFLEXÕES"

positivismo.[25] Para eles, a análise e a síntese são realizadas dentro de uma "lógica de pensamento totalmente impregnada dos princípios 'naturalistas'. O símbolo mais evidente desta re-interpretação é o privilégio acordado, a partir de então, à análise."[26] A síntese, enquanto caminho para o estabelecimento do "laço vital", perde sua relevância na medida em que este último é desacreditado pela crítica naturalista.

> A definição que Langlois e Seignobos dão do método histórico baseia-se nesta nova perspectiva. O essencial não é mais evocar uma "forma" que concretiza uma "Idéia", nem a dialética do encaminhamento do pensamento através do tempo [...] o historiador não é mais um ser poético.[27]

A SOLIDARIEDADE PROFISSIONAL

Finalmente, Noiriel aborda a questão da solidariedade profissional, que, no caso da História, assume particular importância na constituição de seu paradigma científico na medida em que se transforma no principal elemento de solução prática do problema da objetividade do saber histórico. Dado que a pesquisa histórica repousa agora numa intensa divisão do trabalho entre os pesquisadores, o princípio da solidariedade entre eles torna-se indispensável:

> Implicitamente os historiadores "metodistas" consideram [...] que a história é uma disciplina científica,

---

[25] O termo positivismo tem sido aplicado de forma equivocada em múltiplas situações, quase sempre no sentido pejorativo. Langlois e Seignobos, por exemplo, são rotulados de positivistas, quando, na verdade, seriam antípodas de Comte. Ver, a esse respeito, os argumentos de Reis (2004), que afirma ser a História positivista aquela que visa enunciar leis de evolução lenta e contínua da humanidade. Os historiadores franceses do início do século XX estariam longe de ser positivistas no sentido estrito comteano.

[26] NOIRIEL, 1996, p. 63.

[27] NOIRIEL, 1996, p. 64. Tradução nossa.

História & Sociologia

não porque ela obedeça aos princípios teóricos que devem governar todas as ciências, mas porque ela é organizada, no plano prático, como as ciências da natureza. Ela repousa em uma divisão do trabalho que autoriza a produção de um saber especializado (o método) graças ao qual são elaborados fatos suscetíveis de verificação. A cooperação do conjunto dos pesquisadores permitindo compensar a fragmentação do saber que decorre da especialização.[28]

A defesa da prática coletiva de pesquisa torna-se um ponto fundamental para os historiadores, na medida em que ela serve à defesa do caráter científico da disciplina: um conhecimento histórico é considerado como verdadeiro quando é aceito como tal pelo conjunto dos historiadores competentes e não porque é produzido segundo as regras calcadas na ciência da natureza.

Para os historiadores metodistas, "o princípio de solidariedade constitui não somente uma norma fundamental [para] a coesão de sua comunidade profissional, mas, também, a contribuição decisiva que a história pode dar à unidade da comunidade nacional".[29]

Esta é a perspectiva de Thompson ao discutir a questão da lógica da História. O que aqui aparece como "solidariedade" entre a comunidade de historiadores, Thompson chama de "tribunal superior de recursos da disciplina", formado pelos pares, e ao qual cabe julgar se um texto é ou não um texto de História. Esse tribunal, no entanto, responde por apenas uma das várias condições enumeradas por Kuhn para a constituição de um paradigma científico. Sem pretender esgotar essa discussão, vale observar que o argumento de Thompson, assim como de muitos cientistas sociais, é o de que a especificidade do seu objeto de análise inviabiliza a adoção

---

[28] NOIRIEL, 1996, p. 66-67.

[29] *Idem*, p. 70.

61

de procedimentos correntes em outras ciências e, portanto, o recurso a teorias que busquem formular leis gerais sobre a lógica dos processos sociais. Se é verdade que Thompson tem razão ao criticar o uso dogmático do marxismo, não é menos verdade que a insistência no argumento da especificidade do objeto das ciências sociais tem contribuído para a proliferação de abordagens que terminam por subtrair qualquer poder cumulativo ao pensamento social. Como veremos mais à frente, a descrença em relação aos paradigmas clássicos das ciências sociais tem menos a ver com a sua inadequação ao objeto de análise que com o uso abusivo e equivocado que deles se faz.

Voltando à questão da "solidariedade" entre os pares, ou do "tribunal superior de recursos", cabe assinalar que se este último se faz indispensável em qualquer domínio científico enquanto instrumento de aferição da qualidade dos conhecimentos produzidos, se deve reconhecer que ele é suscetível a disputas político-ideológicas dos mais diversos matizes. Nas palavras do próprio Thompson,

> o tribunal ainda não se pronunciou decisivamente em favor do materialismo histórico não só devido ao *partipris* ideológico de alguns juízes (embora isso seja freqüente) mas também devido à natureza provisória dos conceitos explanatórios, dos silêncios reais [...] nele existentes [...].[30]

Noiriel localiza a primeira "crise da História" no final do século XIX, quando o "idealismo histórico" que, até então, dominava a cena filosófica é desacreditado pelos golpes conjugados do marxismo, do darwinismo, do nietzchieismo e do positivismo. "Não é possível, a partir de então, enxergar a questão da 'objetividade' em história como o desenvolvimento

---

[30] THOMPSON, 1981, p. 55-56.

de uma 'Idéia' preexistente."[31] Em algumas décadas elaboram-se as grandes concepções filosóficas que delimitam inexoravelmente o espaço em que se desenvolvem, até hoje, as discussões epistemológicas sobre a História. Uma vez que essas discussões constituem o próprio cerne da polêmica entre Simiand e Seignobos, abordada no capítulo anterior, não nos deteremos na análise dos elementos presentes nessa crise.

Figura 4 – Karl Marx   **Figura 5** – Auguste Comte

As doutrinas do século XIX, em especial os pensamentos de Marx e Comte, introduzem questões epistemológicas que constituem, ainda hoje, parte do debate sobre as relações entre História e Sociologia.

Contudo, História e Sociologia mantêm, durante a primeira metade do século XX, duas posturas intelectuais bastante diferentes: "Os historiadores consideram a ciência tal qual ela é, propondo-se simplesmente melhorá-la prosseguindo, no esforço de solidariedade coletiva [...] o trabalho realizado desde a noite dos tempos pelos seus precursores."[32]

---

[31] NOIRIEL, 1996, p. 70. Tradução nossa.

[32] *Idem*, p. 72.

Os sociólogos, ao contrário, assumindo a concepção comteana de objetividade na ciência social, estabelecem princípios teóricos totalmente diferentes. Em outras palavras, enquanto a Sociologia se constitui como disciplina, elaborando seu objeto e seus métodos nos moldes das ciências da natureza, a História reafirma seus métodos convencionais e aposta todas as fichas na construção de uma comunidade profissional solidária, enquanto principal instrumento de acesso ao *status* de ciência.

François Dosse e a História em migalhas

Para François Dosse (1992), "quem queira interrogar-se sobre a função do historiador e da história não pode evitar a reflexão sobre a história dos Annales".[33] O que está em jogo, segundo ele, é a própria existência da disciplina e sua capacidade de evitar, por um lado, sua diluição entre as demais ciências sociais e, por outro, o recuo à velha História positivista do século XIX. A revista dos Annales, lançada em janeiro de 1929, é fruto de um projeto cuja concepção remonta ao período do pós-guerra de 1914-1918.

ANNALES: OS PRECURSORES

O que unia Marc Bloch e Lucien Febvre – seus fundadores – era o combate à História historicizante que cultivava o fetiche dos fatos. O que eles pretendiam era o rompimento com os conceitos positivistas de racionalidade, ordem e progresso que ainda permeavam a História. A esse tipo de perspectiva, contrapunham a história-problema que, partindo de hipóteses explicitadas pelos pesquisadores, fosse capaz de articular todos os seus passos analíticos. Propunham, ainda,

---

[33] DOSSE, 1992, p. 17.

História & Sociologia

a abertura para as demais ciências sociais, o que, por sua vez, implicava mudança de ênfase temática: esta desloca-se da política para as dimensões econômica e social.

Na polêmica concepção de Dosse, o sucesso dos Annales

é resultado de uma estratégia de captação dos procedimentos, das linguagens das ciências sociais vizinhas, de uma capacidade notável de apoderar-se das roupagens dos outros, para revestir uma velha dama indigna que se tornou antropofágica.[34]

A isso, estaria associada a ocupação por seus membros dos lugares estratégicos de uma sociedade dominada pelos meios de comunicação de massa. Uma sólida estratégia de alianças aliada ao ecumenismo epistemológico permitiria à escola dos Annales eliminar seus rivais.

Afirmando que, num primeiro momento, a ofensiva de Simiand resultou no fechamento da corporação dos historiadores sobre si mesma, Dosse lembra que seu artigo só conhecerá efetivo sucesso quando, mais tarde, os Annales retomam seu programa para combater a História historicizante e promover a História nova. "A réplica de 1929 ao desafio durkheimiano consistirá, portanto, em realizar o programa de Simiand."[35]

Até essa época, reinava a História-relato e a fetichização do documento escrito "a ponto de fazer dele a explicação histórica". A isso, Febvre e Bloch opõem a idéia de que a História poderia tornar-se uma ciência tal como as ciências ditas exatas. Para tanto, fazia-se necessário criticar os testemunhos do passado, elaborar fichas de leitura e testar hipóteses. Ao propor que o historiador construa seu material, os Annales sugerem que os documentos sejam organizados em

---

[34] DOSSE, 1992, p. 15.

[35] *Idem*, p. 31.

séries inteligíveis e integrados a um quadro teórico previamente elaborado e adaptado à sua pesquisa.

Figura 6 – Lucien Febvre　　**Figura 7** – Marc Bloch

Pais fundadores dos Annales propugnavam pela História-problema e, portanto por uma estreita colaboração com as demais Ciências Sociais, enfatizando as estruturas e os elementos inconscientes da vida social.

O discurso dos Annales retoma também as antigas teses da *Revue de Synthèse Historique*, de Henri Beer, que, desde o início do século XX, endossava as teses durkheimianas, combatendo o fetichismo do fato e o reducionismo da escola metódica. Mas, ao indagar-se sobre o porquê do lançamento dos Annales em 1929 se já existia uma revista similar, Dosse argumenta que, ao contrário de Durkheim, Beer não procurou manter, ao seu redor, um grupo de historiadores nem estabelecer uma estratégia de conquista de espaços institucionais, o que teria levado seu discurso a permanecer periférico. "A revolução das idéias estava feita, mas faltava o essencial; o apoio institucional para a sua difusão."[36] O posterior refluxo das teses defendidas por Beer termina por abrir espaço para a emergência dos Annales.

---

[36] DOSSE, 1992, p. 45.

História & Sociologia

O que vem de ser descrito serve para ilustrar como injunções de ordem político-institucional podem retardar ou, mesmo, barrar a incorporação de novas perspectivas teóricas por uma determinada área de conhecimento. Esse episódio parece reforçar também as considerações que tecemos anteriormente sobre a incapacidade mostrada pela História de incorporar, de imediato, as preocupações teórico-metodológicas que possibilitaram a emergência de uma nova disciplina, a Sociologia. Cremos que, nesse processo, o conservadorismo da liderança intelectual e institucional da comunidade profissional dos historiadores, ou seja, do "tribunal superior de recursos" àquela época, desempenhou um papel que não deve ser subestimado. É frente a esses mesmos interesses que, algumas décadas mais tarde, os fundadores dos Annales ainda se apresentam na condição de contestadores e marginais.

Ao proporem o alargamento do campo da História, os Annales reorientam o interesse dos historiadores para dimensões tais como "a natureza, a paisagem, a população e a demografia, as trocas, os costumes [...]: assim se constitui a antropologia da cultura material e se define o conceito de materialidade histórica".[37] Com isso o historiador não pode mais se contentar com a análise dos documentos escritos sobre o mundo político. Além da rejeição ao político, os Annales movem-se também no sentido de minorar a importância atribuída ao episódico, privilegiando a longa duração que melhor responderia ao ritmo de evolução da materialidade histórica.

Dosse reconhece, no entanto, que, do ponto de vista da construção de um paradigma original, o discurso dos Annales, ao romper com a História tradicional, introduz importantes inovações. Uma dessas inovações seria o abandono da concepção meramente passadista do discurso histórico. Febvre, em especial, acredita que os problemas colocados pelo tempo

---

[37] DOSSE, 1992, p. 54.

presente orientam as pesquisas dos historiadores, os quais devem ter como objeto não apenas o passado, mas também a sociedade contemporânea.

As inovações, no entanto, vão mais além. Uma vez destronada a História Política, ganham impulso os estudos de História Econômica e Social. O inspirador da História Econômica não é sequer um historiador, mas sim Simiand, que, em 1903, havia ferido o orgulho dos historiadores.

Uma outra conseqüência da ênfase dada pelos Annales à vida econômica e material foi a lentidão da duração. Essa Nova História, ao romper com a História meramente factual, tende a privilegiar aquilo que se repete, as tendências seculares: "O tempo breve dos regimes e dos reinos foi substituído pelo tempo longo".[38]

Outra orientação tomada de empréstimo à Sociologia durkheimiana é a História Comparada. Além de favorecer o eventual acesso às causas fundamentais dos fenômenos observados, "o método comparativo permite à história sair das fronteiras artificiais que fundamentam a pesquisa [...] as fronteiras nacionais."[39]

Em sua análise da verdadeira metamorfose por que passam os Annales, Dosse faz referência à emergência de uma outra orientação, a da História das Mentalidades, ocorrida ainda no contexto da primeira geração dessa escola. Dando prosseguimento à empreitada de captação das disciplinas vizinhas, Febvre e Bloch se apropriam do estudo das mentalidades desenvolvido pela etnologia e pela psicologia.

> A psicologia histórica logo saiu de moda [...] enquanto alimentada pelo estruturalismo [mas] as condições da produção cultural, dos fenômenos mentais em sua

---

[38] DOSSE, 1992, p. 82.

[39] *Idem*, p. 83.

História & Sociologia

articulação com os grupos sociais, tiveram um futuro mais fecundo.[40]

Tendo Bloch se alimentado mais da contribuição durkheimiana que, propriamente, da psicologia, sofre críticas de Febvre, que vê na sua obra "um retorno ao sociológico que é uma forma sedutora do abstrato" e onde o homem está ausente.[41] Mais uma vez, portanto, o abstracionismo sociológico criticado pelos historiadores tradicionais (mas convincentemente defendido por Simiand enquanto instrumento indispensável à elaboração de conceitos e modelos) é objeto de polêmica entre os historiadores. Voltaremos mais à frente a essa questão que permeia, desde sempre, os discursos da História e da Sociologia.

Por sua vez, a psicologia de Bloch está bem próxima do que será a chamada Antropologia histórica, que, ao abrir "caminho para a história do corpo, das épocas da vida, das emoções, enuncia os futuros objetos privilegiados que serão retomados, um a um, pela terceira geração dos Annales, embora esquecendo a vontade totalizante de Bloch".[42]

Em seu balanço dessa primeira geração dos Annales, Dosse alinhava seus principais limites e contribuições à construção de um novo paradigma da História. Em sua opinião, Febvre e Bloch lograram arrastar as ciências sociais para o terreno da História, evitando que esta se alinhasse totalmente com as disciplinas vizinhas. A sua recusa ao dogmatismo seria uma estratégia para conquistar o apoio dessas ciências às suas causas. Ao determinismo, Febvre opõe a idéia de interdependência dos fenômenos, de totalidade-magma.

Para Bloch, "a decomposição do real é o modelo de apreensão do real, o primeiro estágio da análise, mas com a condição

---

[40] DOSSE, 1992, p. 85.
[41] *Idem*, p. 85.
[42] *Idem*, p. 90.

COLEÇÃO "HISTÓRIA &... REFLEXÕES"

de ter a perspectiva globalizante".[43] A necessária síntese deve realizar-se por meio de conceitos tais como o de sistema feudal. Ainda na opinião de Dosse, os Annales não mostram interesse em descobrir as leis da história, mas "seu empirismo espontâneo levou-os a se concentrarem no *como*, muito mais do que no *porque,* apesar do conceito de história-problema".[44]

Observando que a história dos Annales dos anos 30 "não é esse mar parado, esse tempo imóvel que ela se tornará mais tarde", Dosse lamenta o fato de a atual geração se alinhar tão firmemente com as ciências sociais, pondo em risco a própria identidade da História.

Quanto a esta última afirmação de Dosse, cabem, aqui, ressalvas importantes. Em primeiro lugar, suas críticas são dirigidas sobretudo aos historiadores franceses e não podem ser estendidas indiscriminadamente à historiografia produzida em outras partes do mundo, inclusive no Brasil. Além do mais, a "atual geração" a que ele se refere é a de historiadores cujas obras datam, no máximo, de meados dos anos 80, quando Dosse publica sua *História em migalhas*. Com efeito, veremos, mais à frente,como as críticas que ele dirige aos historiadores da terceira geração dos Annales e à chamada Nova História Francesa não podem ser estendidas, por exemplo, à História Cultural, que ganha impulso nas últimas décadas do século passado e cujos métodos, objetivos e procedimentos são exemplarmente esboçados por Sandra Jatahy Pesavento em obra preparada para esta coleção.[45]

BRAUDEL E OS ANNALES

A segunda geração dos Annales será amplamente moldada pela realidade que emerge ao final da Segunda Grande

---

[43] DOSSE, 1992, p. 96.
[44] *Idem.*
[45] PESAVENTO, 2005.

História & Sociologia

Guerra, notadamente pelas incertezas "sobre o sentido da história e sobre o avanço da humanidade em direção a um estado de civilização sempre em progresso".[46] A crescente internacionalização da economia e a difusão de informações levaram à reorientação do discurso do historiador, que rejeita uma História puramente nacional e reaproxima-se das outras ciências sociais. Observando que esse fenômeno ocorre em vários países, inclusive nos Estados Unidos, Dosse afirma que a ruptura epistemológica efetuada pela primeira geração dos Annales tende a se aprofundar. Mais uma vez, a revista tem seu subtítulo alterado – dessa feita, com a supressão da referência à História – para *économies, societés, civilisations*.

Segundo Dosse, a penetração da Sociologia na universidade a partir de 1946, o apoio por ela recebido das instituições de pesquisa, a criação, em 1949, da Associação Internacional de Sociologia, a criação do programa de doutorado em Sociologia e a crescente demanda de sociólogos pelas instituições de planejamento econômico teriam exercido enorme pressão sobre a História e influído no discurso dos Annales.

"No quadro da religião nova dos anos 50: a modernidade", psicólogos e sociólogos são, ainda, convocados para atuar nas mais diversas empresas. Esse processo foi facilitado pela difusão, no período pós-guerra, dos métodos e técnicas de investigação das ciências sociais norte-americanas, então em franca expansão.

Mas a nova hierarquia que as ciências sociais tendem a estabelecer é prontamente rechaçada pelos Annales, que reagem "tanto no plano institucional quanto no plano da definição da disciplina histórica".[47]

O mais sério desafio enfrentado pela História, nesse período, é o da emergência de uma nova escola – o estruturalismo –

---

[46] DOSSE, 1992, p. 102.
[47] *Idem*, p. 107.

que se define claramente como anti-historicista. O ataque à História será comandado pelo etnólogo Claude Levy-Strauss, que a considera uma disciplina puramente empírica e "incapaz de ter acesso às estruturas profundas da sociedade". Para ele, História e Etnologia "se distinguem, sobretudo pela escolha de perspectivas complementares: a história organizando seus dados em relação às expressões conscientes, a etnologia em relação às condições inconscientes da vida social".[48] Fernand Braudel vai responder a esses questionamentos imprimindo à pesquisa histórica um caráter estrutural. Na visão de Dosse, no entanto, tal adesão às metodologias das ciências sociais tinha por intuito sufocá-las.

Embora a perspectiva global dos fenômenos históricos seja um traço central no pensamento de Braudel, seu conceito de globalidade é o da mera soma dos diversos níveis do real e não constitui "um instrumento capaz de perceber as dominâncias e as determinantes em jogo".[49] Com isso, a História, tal como concebida por Braudel, teria limitada capacidade explicativa, tendendo a não ultrapassar o nível de um relato descritivo. Como vimos, a Sociologia durkheimiana afirma, ao contrário, que os fenômenos sociais não se dissolvem em uma massa de fenômenos individuais e que o todo é diverso da soma de suas partes. Mas a idéia de reciprocidade permeia o discurso braudeliano: tudo influi sobre tudo e reciprocamente o que, nas palavras de Dosse, permite compreender as dificuldades de Braudel em passar da descrição à análise.

A inovação promovida por este autor parece residir, sobretudo, no fato de que, ao tomar o discurso de Levy-Strauss, "ele lhe opõe o trunfo principal do historiador: [...] a longa duração que condiciona até as estruturas mais imutáveis que

---

[48] DOSSE, 1992, p. 109.

[49] *Idem*, p. 113.

História & Sociologia

o antropólogo valoriza". Uma vez que a longa duração se impõe a todos os cientistas sociais "e já que se trata de duração, de periodização, o historiador reina".[50]

Ao desafio anti-histórico da Antropologia estrutural, Braudel dá respostas tanto no "plano das linhas de pesquisa" quanto no "plano das posições de poder".[51] No que diz respeito a estas últimas, a estratégia de estabelecer a hegemonia da História sobre as demais ciências sociais vê-se, a princípio, ameaçada pela resistência oferecida pela Sociologia durkheimiana à anexação. Com efeito, o sociólogo George Gurvitch, que já havia criado o Centro de Estudos Sociológicos em 1946, pretendia criar, com o apoio da Fundação Rockfeller, a seção de ciências sociais na *École Pratique des Hautes Études*. Segundo Dosse, embora a conjuntura fosse favorável a esse projeto, os sociólogos perdem o controle sobre sua direção, a qual passa às mãos dos historiadores dos Annales.

Ao ser designado secretário da VI Seção da EPHE, Braudel assume a tarefa de organizar a hegemonia dos Annales na instituição. Ao descrever a trajetória bem-sucedida de Braudel no sentido de ocupar espaços institucionais, Dosse afirma que ele se notabiliza mais pela solidez das instituições que criou que pela originalidade de suas teorias.

Dosse observa também que "sua abordagem da economia vai consistir mais em uma justaposição factual do que em uma explicação por tal ou tal fator dominante".[52] Segundo ele, os historiadores da Nova História são herdeiros diretos de Braudel, seu mestre e chefe incontestável. De fato, este estabelece a ligação entre a geração de Bloch e Febvre, os pais fundadores dos Annales, e a geração que ali predomina nos anos 1960/ 1970, que, ao adotar as orientações, inovadoras de Braudel,

---

[50] DOSSE, 1992, p. 115.

[51] *Idem*, p. 123.

[52] *Idem*, p. 145.

COLEÇÃO "HISTÓRIA &... REFLEXÕES"

por vezes plenas de "deslizes", vai promover o "esfacelamento atual do campo histórico".[53]

Esse diagnóstico da era Braudel é, no mínimo, pouco alentador. Primeiro, Dosse lamenta o fato de que, ao privilegiar a história "naturalizada" e de longa duração, Braudel teria aberto caminho para a "história imóvel". Segundo, porque, ao se aproximar tão decisivamente das ciências sociais, abraçando várias de suas concepções e categorias analíticas, Braudel termina por promover o completo alinhamento da História a essas disciplinas. Finalmente, porque, ao "decompor a unidade temporal, permitiu o estudo de objetos heterogêneos, a quebra do tempo e a história em migalhas".[54] Concluindo, Dosse afirma que, se Braudel "foi, para contrariar a ofensiva das ciências humanas, em busca [...] das estruturas e das profundezas da história, também foi promotor de uma história-relato, a mais clássica possível e desvinculada do resto de seu discurso".[55]

A HISTÓRIA ESFACELADA

A terceira geração dos Annales seria a mais afeita ao tipo de historiografia que dá nome ao livro de Dosse e a que encarnaria a crise da disciplina histórica nas décadas de 70/80 do século passado. Sua fonte inspiradora foi a Antropologia que, favorecida pela conjuntura da descolonização, estimulou o interesse por outras civilizações e pela consciência etnológica. Essa descoberta do outro, do exótico e de estruturas resistentes à mudança favorece o discurso antropológico-etnológico-estruturalista: "O reprimido torna-se portador de sentido. Tudo se torna objeto de curiosidade para o historiador [...] que

---

[53] DOSSE, 1992, p. 159.

[54] *Idem.*

[55] *Idem*, p. 162.

desloca seu olhar para os loucos, para os transgressores, para as feiticeiras".[56]

Sensível como as gerações anteriores às interrogações do presente, a terceira geração dos Annales dedica-se à Antropologia Histórica, abandonando os grandes temas econômicos e substituindo o social pelo simbólico e pelo cultural. Uma demonstração de que a História teria se tornado antropológica seria o deslocamento do interesse dos historiadores pelo desenvolvimento brasileiro, argentino ou mexicano, na década de 1950, para as permanências do império Inca, para o fenômeno da aculturação e o estudo das representações simbólicas das sociedades ameríndias, a partir dos anos de 1980. É a História Econômica e Social cedendo espaço à História Cultural. Com isso, a História teria se tornado mais descritiva, abandonando a história-problema tão cara aos Annales da primeira geração. Lembrando que o precursor na prospecção da cultura material, dos costumes e das habilidades é Norbert Elias, Dosse afirma que a História da cultura material é certamente rica em descobertas, mas peca por acreditar que o nível cultural pode criar o social. Em outras palavras, para essa terceira geração dos Annales, as forças da mudança não se encontrariam mais no campo social ou na política, mas no campo da cultura.

Por uma questão de justiça, no entanto, retomaremos aqui os argumentos desenvolvidos na já citada obra de Pesavento para demonstrar como as críticas de Dosse à terceira geração dos Annales não se aplicam senão à historiografia produzida por essa geração até meados da década de 1980. Pesavento argumenta que, em conseqüência das alterações ocorridas no âmbito da História no plano internacional, acontece uma verdadeira virada nos domínios de Clio no Brasil, onde cerca de 80% da produção historiográfica é, hoje, dedicada à História Cultural.

---

[56] DOSSE, 1992, p. 168.

Segundo ela, tais alterações foram determinadas pelas mudanças socioculturais dos anos de 1970, as quais teriam dado origem à crise dos paradigmas explicativos da realidade, ocasionando rupturas epistemológicas profundas que puseram em xeque os marcos conceituais dominantes na História. Lembrando que o mesmo ocorreu com a Sociologia, tendemos a acreditar, no entanto, que o esgotamento dos paradigmas clássicos das ciências sociais deve-se menos às suas deficiências intrínsecas que ao uso ora dogmático, ora ecumênico que deles se faz. Essa questão será detalhadamente discutida no próximo capítulo.

Ao indagar-se sobre quais posturas foram condenadas na História enquanto matrizes interpretativas, Pesavento aponta o marxismo e a corrente dos Annales como as duas posições mais criticadas. A autora adverte, no entanto, que a contestação de certas posturas historiográficas presentes nessa ruptura dos paradigmas das últimas décadas do século XX não levou a uma completa rejeição das matrizes originais. Segundo ela, é da vertente neomarxista inglesa e da própria História Francesa dos Annales que surge a renovação que dá origem à corrente historiográfica denominada História Cultural.

Essa História Cultural, por vezes chamada de Nova História Cultural, incorpora uma nova forma de trabalhar a cultura, distinguindo-se da História do Pensamento, da História Intelectual ou, mesmo, da História da Cultura "nos velhos moldes, a estudar as grandes correntes de idéias e seus nomes mais expressivos".[57]

Isso posto, em que se distingue, então, a Nova História Cultural da chamada História das Mentalidades e das demais abordagens de corte cultural tão ferozmente criticadas por Dosse? A nosso ver, o que está em pauta, ainda que não explicitamente, é o gradativo deslocamento de uma concepção

---

[57] PESAVENTO, 2005, p. 31.

História & Sociologia

antropológica para uma concepção sociológica de cultura. Queremos dizer, com isso, que a cultura deixa de ser percebida como conjunto de manifestações atemporais, fundadas em mitos ou arquétipos e em que o nível cultural é entendido como "forma de determinação primária da sociedade" para uma concepção de cultura socialmente construída.[58] Isso implica, por sua vez, uma visão mais dinâmica de cultura, a qual, se, por um lado, responde por muitas permanências, por outro, é suscetível às transformações nas ordens econômica, política e social, às quais se encontra necessariamente articulada.

Nas palavras de Pesavento, trata-se, agora, de identificar "como as elaborações mentais, produtos da cultura, se articulavam com o mundo social, a realidade da vida cotidiana?"[59] Nesse sentido, a História Cultural encontra-se bem mais próxima da Sociologia, pois, dedicando-se a múltiplos objetos de análise sem necessariamente pretender tudo explicar sobre a realidade, produz conhecimentos que, articulados à vocação generalizante (ainda que esmaecida) da Sociologia, resultam numa espécie de divisão do trabalho interdisciplinar sem dúvida alvissareira.

Aliás, a colaboração entre História e Sociologia ganha, a nosso ver, particular importância em sociedades que, como a brasileira, não lograram concluir plenamente a transição para a modernidade e onde, portanto, o passado interfere mais decisivamente nas práticas cotidianas atuais. Em sua análise da *Escravidão e universo cultural na colônia*, Eduardo França Paiva, além de dar uma mostra da nova postura assumida pela História Cultural, nos oferece, também, um exemplo do que afirmamos acima. Ao referir-se às permanências notáveis, sobretudo no universo material, Paiva observa que "as pontes que ligam o cotidiano setecentista ao final do

---

[58] PESAVENTO, 2005.

[59] *Idem*, p. 32.

77

século XX desembocam, principalmente, no interior do Brasil, nas pequenas cidades e nas roças". Observando que as cidades maiores não são isentas a tais proximidades materiais, o autor assinala a necessidade de outras abordagens historiográficas ou interdisciplinares.[60]

Feitas estas considerações, mas admitindo que as profundas transformações promovidas pela História Cultural não tenham se estendido ainda a todos os domínios historiográficos, voltemos às considerações de Dosse sobre os elementos que comporiam o quadro de crise da História que, diga-se de passagem, não é específica desta disciplina, e sim do pensamento social como um todo.

Ao observar que Michel Foucault prefere os fragmentos do saber à síntese global, Dosse vê, em suas linhas de pesquisa, o essencial do corpo teórico que orienta a chamada terceira geração da escola dos Annales. Ao se desinteressar pela pesquisa dos "sistemas causais", o historiador teria voltado a apontar "uma ou outra causalidade de maneira mecânica e arbitrária, ao capricho do momento".[61]

Por sua vez, se é verdade que George Duby nos fala da ilusão de cientificidade propiciada pela quantificação e pelo tratamento aritmético, La Durie, ao contrário, festeja tais procedimentos e afirma que só há História científica quantificável. Philippe Ariès também resiste aos esquemas explicativos e afirma que "o espetáculo do mundo e sua diversidade no fundo é mais importante para mim do que as explicações que sou obrigado a dar".[62]

Dosse insiste que, mais uma vez, esse contra-ataque disciplinar efetuado pelos Annales seria uma estratégia de "despojar as ciências sociais de seus atributos, métodos e discurso

---

[60] PAIVA, p. 243.
[61] DOSSE, 1992, p. 186.
[62] *Idem*, p. 187.

História & Sociologia

para apropriar-se deles".[63] Argumenta ele que, embora o confronto e o enriquecimento sejam necessários, aqui o historiador abandonou suas funções de propiciar a visão totalizante e criticar as metodologias que toma emprestadas.

Essa História esfacelada se faria acompanhar de um tipo específico de explicação da evolução histórica: a Nova História, ao retomar o pensamento malthusiano, promove recortes temporais a partir da dupla evolução da população e dos recursos. A crítica de Dosse a essa perspectiva malthusiana é a de que ela reduz a história econômica e social à simples derivada da história demográfica. Ao contestar a eficiência do conceito marxista de modo de produção, a Nova História teria se refugiado em Malthus e, conseqüentemente, assumido uma visão mecanicista que empobrece o olhar histórico.

A Nova História teria adotado também como objeto a evolução das mentalidades e a exploração da psique humana. Com isso, o historiador limitar-se-ia a transcrever as representações e as formas pelas quais os indivíduos percebem a sociedade sem se preocupar em identificar as relações entre estas percepções e o contexto social que as propiciou. Além de pressupor a existência de uma natureza humana imutável, tal tipo de História pode ser criticado por não perceber que a compreensão do social pela mediação das mentalidades só seria possível ao se relacionar os diferentes aspectos da atividade e do pensamento humanos.

Apesar de definir-se como uma escola com métodos e procedimentos unificados, os Annales seriam, na visão de Dosse, uma nebulosa sem núcleo cuja reivindicação de continuidade mascara "as numerosas inflexões e rupturas entre o discurso histórico dos anos 30 e o dos anos 80".[64] Para ele, os Annales se adaptaram às sucessivas mutações da sociedade

---

[63] DOSSE, 1992, p. 191.

[64] *Idem*, p. 249.

Coleção "História &... Reflexões"

do século XX, de forma a reagir aos "assaltos das ciências sociais vizinhas e concorrentes", registrando, portanto, rupturas e continuidades. Entre estas últimas, destacam-se a negação da dimensão política, a captação das ciências sociais com todas as suas novidades e a posição de terceira via entre o historicismo tradicional e o marxismo ossificado. Ao pretender substituir o marxismo, os Annales propõem: "Não ideologia mas mentalidades, não materialismo mas materialidade, não dialética mas estrutura".[65]

Entre as descontinuidades ou rupturas, Dosse identifica, primeiro, a passagem de um discurso economicista, nos anos de 1930, a um discurso sociocultural, a uma História das Mentalidades ou a uma Antropologia Histórica, nos anos de 1980. Outra ruptura seria a passagem de uma História da mudança – a de Bloch e Febvre – a uma História quase imóvel – a de Braudel – e, finalmente, à História imóvel de Ladurie. Uma vez que a História não teria mais qualquer veleidade de entender a sociedade contemporânea, ela abandona também a dialética entre passado/presente e futuro.

Dosse observa, no entanto, que a trajetória de esfacelamento do campo da História não é unanimidade entre os historiadores dos Annales. Existem aqueles cujos trabalhos contradizem essa evolução demonstrando "ser possível enriquecer-se com os métodos das ciências sociais sem transferir mecanicamente os procedimentos e preservar assim a ambição de síntese histórica, a articulação de níveis do real e a dialética dos tempos curtos e longos".[66] A disputa entre os historiadores dos Annales opõe os adeptos de uma história em migalhas que aderem acriticamente a cada procedimento das ciências sociais àqueles que reivindicam uma História total, que aceitam contribuições das ciências sociais, mas que

---

[65] DOSSE, 1992, p. 250.

[66] *Idem*, p. 251.

80

História & Sociologia

preservam a ambição da síntese, entre eles alguns historiadores pertencentes a correntes próximas ao marxismo.

Finalmente, ao afirmar que a História tornou-se etnológica e ao posicionar-se favoravelmente à retomada da duração com seus ritmos lentos e rápidos e à ressurreição do acontecimento, Dosse conclui que "é preciso rejeitar essa falsa alternativa entre o relato factual insignificante e a negação do acontecimento. Trata-se de fazer renascer o acontecimento significativo, ligado às estruturas que o tornaram possível, fonte de inovação."[67]

Em que pesem seus eventuais excessos, a crítica de François Dosse à terceira geração dos Annales é, no mínimo, corajosa, já que navega em sentido oposto ao de importantes correntes historiográficas. A nosso ver, a constatação de que a sociedade contemporânea é cada vez mais fragmentada tem, de fato, favorecido, sobretudo entre os sociólogos, a convicção ingênua de que os modelos explicativos tradicionais perderam por completo sua eficácia. Com efeito, tomados isolada e dogmaticamente, os paradigmas explicativos convencionais têm se mostrado ineficazes na compreensão da lógica dos processos sociais contemporâneos, o que, em vez de ensejar novos esforços teóricos, alimenta a convicção de que não há mais processos globais a serem decifrados, apenas fragmentos a serem saboreados por meio de análises igualmente fragmentadas.

Ainda que, frente à complexidade e diversidade dos fenômenos históricos, amplas correntes de historiadores afirmem que os métodos e interesses da História devem ser necessariamente plurais e flexíveis e que, portanto, não há razão para se falar de crise da disciplina, o panorama traçado por Noiriel e Dosse aponta em direção oposta. Noiriel associa a primeira crise da História às profundas transformações nas

---

[67] DOSSE, 1992, p. 258.

81

COLEÇÃO "HISTÓRIA &... REFLEXÕES"

formas de pensar ocorridas no século XIX, notadamente à emergência do positivismo e do marxismo. Resumidamente, essas correntes de pensamento desafiam a História a deslocar seu olhar do evento único para os fenômenos regulares, da ação individual para suas determinações estruturais, dos fenômenos conscientes para as dimensões inconscientes dos processos sociais. Habituado a eleger como causa de um fenômeno um fato ocasional, ao sabor da intuição ou do faro pessoal, o historiador deve agora estar ciente, como diria Simiand, que "o laço causal não vincula um agente e um ato [...] mas dois fenômenos da mesma ordem o que implica em uma relação estável, em uma regularidade, em uma lei".[68]

Mais do que as mutações profissionais, afirma Noiriel, são as incertezas a respeito do saber histórico que são responsáveis pela crise da disciplina. Para ele, enquanto as polêmicas se multiplicam no seio da disciplina, as verdadeiras controvérsias científicas praticamente desaparecem da cena historiográfica francesa em função de uma prudência acadêmica que evitava a discussão sobre a produção científica.

Noiriel argumenta ainda que os problemas atuais relativos ao caráter científico da disciplina expressam uma contradição que atravessa toda a sua história: a História conquista sua autonomia rejeitando as generalidades que eram especialidade dos filósofos, mas, paradoxalmente, os historiadores passaram a desenvolver eles próprios discursos gerais sobre a disciplina, abandonando o trabalho empírico e adotando uma "metalinguagem" emprestada da Filosofia.

Frente aos desafios epistemológicos colocados pelas novas correntes de pensamento, a História aproximar-se-ia das demais ciências sociais, seja para incorporar seus métodos e conceitos, seja para exercer controle sobre elas, como sugere Dosse. A ênfase dada por esse autor à escola dos

---

[68] SIMIAND, 2003, p. 54.

Annales prende-se ao fato de ela ter sido a principal corrente historiográfica favorável à aproximação com as demais ciências sociais. É por meio dos Annales que, bem ou mal, a História incorpora não apenas os métodos e procedimentos convencionais daquelas disciplinas, mas também seus modismos, o que, na perspectiva de Dosse, termina por promover o esfacelamento do campo da História. No entanto, ao defender a visão globalizante, a elaboração de quadros conceituais e a pesquisa dos sistemas de causalidade, esse autor não rejeita as contribuições das ciências sociais; apenas alerta para a necessidade de fazer renascer o acontecimento significativo, desta feita ligado às estruturas que o tornaram possível.

Admitindo que a interdisciplinaridade nas ciências sociais e, mais especificamente, o diálogo entre História e Sociologia, mais que inevitáveis, são desejáveis, trataremos, a seguir, de esboçar, em linhas muito gerais, os contornos da "crise" enfrentada pela Sociologia, com o objetivo de identificar suas interfaces com a crise da História.

CAPÍTULO III

A crise da Sociologia

Sociologia fragmentada

A fragmentação do conhecimento não é privilégio da História. A Sociologia encontra-se, hoje, tão fragmentada quanto o seu próprio objeto de análise: a sociedade contemporânea. Tendo se deixado envolver pela secular disputa ideológica, patrocinada, sobretudo, por marxistas e weberianos, a Sociologia transformou-se, como sugere Giddens, num reduto de descontentes: dos descontentes com as desigualdades sociais aos descontentes com o próprio casamento. É o desacordo em torno de questões teóricas fundamentais empurrando a disciplina para o campo fácil dos acordos politicamente corretos sobre questões sociais legítimas, mas de duvidosa centralidade sociológica. Tal como observa Dosse em relação à História, a Sociologia vem se ocupando de múltiplos fragmentos da realidade sem se preocupar em conectá-los em um conjunto racional. O problema que aqui se coloca é o de reconhecer que, mesmo quando metodologicamente rigorosas, poucas são as abordagens microssociológicas_que têm contribuído para desvendar a lógica de processos sociais cujas determinações estruturais ainda são objeto de intensas disputas teóricas.

Esses estudos mostram-se, com freqüência, fragmentados e inconclusos, e seus esforços em estabelecer conexões entre o objeto empírico observado e processos sociais

COLEÇÃO "HISTÓRIA &... REFLEXÕES"

mais amplos resultam, na maioria das vezes, em inferências genéricas previamente acordadas no plano ideológico ou no senso comum. Como o historiador, o sociólogo contemporâneo tende a abandonar a pesquisa dos sistemas causais, contentando-se em apontar "uma ou outra causalidade de maneira mecânica e arbitrária, ao capricho do momento".[1] Veremos, mais à frente, como esse tipo de procedimento decorre da própria ausência de um adequado encaminhamento de questões teóricas fundamentais, relativas aos processos estruturais e às articulações entre estrutura e ação. O que se segue são reflexões que, à semelhança dos esforços teóricos realizados por autores como Giddens e Alexander, procuram identificar os elementos que caracterizariam a crise da Sociologia contemporânea.

Alexander afirma que "contra a dominação do funcionalismo no pós-guerra empreenderam-se duas revoluções", a saber, a das escolas radicais da microteorização, por um lado, que destacavam a interação e a ação dos indivíduos, e a das escolas da macroteorização que, por outro lado, procuravam enfatizar o "papel das estruturas coercitivas na determinação do comportamento individual e coletivo"[2], e cujo rápido declínio deveu-se à sua insustentável unilateralidade. Em reação a isso, surge, segundo Alexander, uma geração de sociólogos que formula um programa de trabalho cujo objetivo principal é articular ação e estrutura e que põe na ordem do dia mais uma teoria que busque a síntese do que uma que insista na polêmica.

Perspectiva semelhante foi, por nós, assumida em recente publicação, cujo propósito era identificar caminhos que possibilitem a integração das perspectivas teóricas clássicas, a partir de temas e conceitos específicos, sem nos prender

---

[1] SIMIAND, 2003, p. 186.

[2] ALEXANDER, 1987, p. 5.

História & Sociologia

aos conteúdos que cada uma dessas teorias, tomadas isoladamente, busca enfatizar.[3] Com efeito, a ausência de diálogo entre as várias contribuições que constituíram a teoria sociológica tem alimentado tanto a ortodoxia de abordagens paradigmáticas quanto o ecletismo descritivo de abordagens "pluralistas", epistemologicamente problemáticas, cuja contribuição para a teoria social é, no mínimo, discutível.

Crise e visão paradigmática

Ainda que apresente uma série de outros sintomas, a crise da Sociologia pode, a nosso ver, ser resumida a duas facetas principais. A primeira, sempre associada às possibilidades dessa disciplina de criar instrumentos para uma intervenção precisa na realidade e resolver problemas, refere-se à descrença na cientificidade do discurso sociológico. A segunda possui uma vinculação mais estreita com a reflexão teórica e diz respeito às interpretações unilaterais da realidade social que contribuem para a perpetuação de dicotomias, tais como "sociedade" e "indivíduo", "estrutura" e "ação", "macro" e "microconhecimentos" que, como mostramos, afligem também a História. A esse respeito, pode-se argumentar que as dificuldades de se articular as realidades micro e macrossociológicas têm contribuído para o fortalecimento de duas imagens nada agradáveis da sociologia.

A primeira, que corresponde ao unilateralismo macro, é de uma Sociologia distante da vida cotidiana e que sustenta seu *status* de ciência apenas por meio de entidades como consciência coletiva, organismo social e classes sociais, entre outras. A utilização indiscriminada dessas categorias, ainda que importante para a afirmação da Sociologia enquanto disciplina acadêmica, impede que as ações e as relações que

---

[3] CUNHA; TORRES JÚNIOR, 2004.

87

COLEÇÃO "HISTÓRIA &... REFLEXÕES"

se fazem e se desfazem no dia-a-dia dos atores sociais sejam submetidas a análises rigorosamente sociológicas, o que aponta para a necessidade de perspectivas que integrem individualidade, sociedade e história, como ressaltado por Wright Mills, Norbert Elias e Anthony Giddens.

O unilateralismo micro, por sua vez, apesar de dar mais espaço às análises das ações e relações cotidianas, o faz sem a devida referência aos elementos mais estáveis e regulares da realidade social, ou seja, as suas estruturas. A imagem da Sociologia que se associa a esse tipo de visão é de uma disciplina empiricista, preocupada apenas em descrever as interpretações que os indivíduos têm da realidade social. É uma Sociologia que parece estar ao alcance de todos, não porque tenha superado sua distância em relação à vida cotidiana, mas sim por ter perdido seu rigor e sua cientificidade, sendo, portanto, mais suscetível às noções do senso comum. Acreditamos que uma imagem menos distorcida da Sociologia requer uma visão sociológica menos distorcida da realidade social, vale dizer, exige sínteses. Das duas dimensões aqui citadas da crise da Sociologia, merece especial atenção a busca de caminhos que possam viabilizar a elaboração de sínteses teóricas que contribuam para superar a rigidez da dicotomia estrutura-ação e, com isso, a visão paradigmática.

Divisão do trabalho e sínteses teóricas

A síntese de que falamos tem sido, em parte, tecida por diversos autores por intermédio de diversos conceitos. Até mesmo entre os clássicos, já no início do século XX e antes do esforço sintetizador de Talcot Parsons, foi possível identificar essa preocupação. O que seria o conceito simmeliano de "vivência" senão uma tentativa de estabelecer uma ponte entre as estruturas (formas sociais institucionalizadas) e a dimensão microssocial (formas sociais circunstanciais)? Entre os contemporâneos empenhados nessa tarefa, podemos citar Pierre Bourdieu com sua noção de *"habitus"*, Anthony Giddens com a noção de "estruturação", e Norbert Elias com seu conceito de "interdependência". Há, no entanto, uma lacuna que esses autores não lograram preencher e que, a nosso ver, consiste exatamente na imprecisão relacionada à noção de estrutura ou, de um modo mais amplo, aos elementos que antecedem e balizam as escolhas e as ações dos atores sociais. Afinal, antes de articular estrutura e ação, é preciso ter a noção exata do que esses termos significam. A definição weberiana de ação vem, de certo modo, sendo adotada pela maior parte dos autores contemporâneos. O termo estrutura, ao contrário, vem sendo usado com múltiplos significados e com pouca ou nenhuma precisão. Fala-se em "estruturas econômicas", em "estruturas políticas", em "estruturas familiares", em "estrutura moral" etc. quando se analisam sociedades primitivas, tradicionais ou modernas, sem, contudo, identificar os elementos que estabelecem a proeminência de um tipo específico de estrutura, por exemplo, na sociedade moderna.

Isso posto, torna-se óbvia a necessidade de se buscar acordos teóricos que tenham como objetivo principal propor uma noção mais consensual de estrutura, assinalando seu significado específico no processo de modernização ocidental e na sua posterior expansão ao resto do mundo. O que argumentamos no texto acima mencionado é que, na modernidade ocidental, o avanço do processo de divisão do trabalho tem exercido um papel fundamental na configuração de seus elementos estruturais. Esses elementos, percebidos, com maior ou menor acuidade, por autores como Marx, Weber, Durkheim, Simmel e Elias, referem-se basicamente à institucionalização do mercado capitalista e da administração burocrática, processo esse no qual a divisão do trabalho ocupa um papel central.

A partir desses argumentos, sugerimos que os acordos em relação ao conceito de estrutura devem realizar-se por

COLEÇÃO "HISTÓRIA &... REFLEXÕES"

meio de sínteses relativas às contribuições desses autores, na tentativa de superar a visão paradigmática e contribuir para a formulação de teorias que articulem mais convincentemente ação e estrutura social.

A questão fundamental que se coloca é a de como proceder para realizar possíveis sínteses e, dessa forma, contornar gradativamente obstáculos tidos como insuperáveis ao aprofundamento do conhecimento científico dos processos sociais. O fato é que os cientistas sociais têm insistido muito mais no argumento da incompatibilidade dos pressupostos e assertivas teóricas gerais de seus paradigmas do que na identificação de processos sociais específicos, embora fundamentais, sobre os quais os clássicos costumam entrar em acordo. Esses acordos, no entanto, nem sempre, são imediatamente reconhecíveis, e sua identificação exige esforços no sentido oposto ao da exegese e da apologia que alimentam a polêmica e que levaram autores como Merton[4] a propor o abandono dos clássicos como condição para o avanço da ciência social.

---

[4] Os textos antigos, insiste Merton, simplesmente não deveriam ser analisados dessa maneira "deploravelmente inútil". Ele oferece duas alternativas, uma do âmbito da sistemática, a outra do âmbito da História. Do ponto de vista da ciência social, afirma que os textos antigos devem ser tratados de maneira utilitária e não clássica. Cf. ALEXANDER, 1999, p. 29. Como observa Alexander, os esforços de Merton em eliminar da teoria sociológica os conteúdos e as influências dos textos antigos, principalmente quando estas se impõem de forma acrítica, foram o que levou o autor a defender o abandono das contribuições clássicas como algo verdadeiramente significativo para a Sociologia. Dessa forma, apenas quando se tratar da história da disciplina, os autores e os textos clássicos deveriam ser invocados, não podendo oferecer nenhuma contribuição para o estudo de questões de que a teoria sociológica pretende se ocupar. Essa posição, afirma Alexander, está baseada em um pressuposto duvidoso, qual seja, o de que a ciência social possui um grau de comutatividade suficiente para já ter incorporado aquilo que, nas contribuições clássicas, tem validade para a sistemática da teoria sociológica, não havendo nenhum motivo para se fazer referência aos autores ou aos textos antigos em todo seu conjunto. Nesse ponto, estamos de acordo com Alexander, pois está claro que a ciência social ainda não possui esse grau de comutatividade. Os textos e os autores clássicos devem, portanto, estar submetidos a leituras menos apologéticas. Esse é o nosso propósito.

Deve-se observar, no entanto, que existe um terreno comum, isto é, um conjunto de temas sobre os quais os clássicos se debruçam e que, a nosso ver, constituem o núcleo a partir do qual se torna possível a elaboração de sínteses teóricas, sobretudo se se considera que a recorrência desses temas no pensamento desses autores deu-se de forma amplamente independente do contato intelectual entre eles. A síntese a que nos referimos torna-se, a rigor, inviável se fundada no propósito de compatibilizar o conjunto do pensamento desses autores. Embora abordando temas comuns, os clássicos podem assumir distintas perspectivas de análise, seja em função da maior ou menor centralidade que conferem a um ou outro processo, seja pela necessidade consciente ou inconsciente de dar coerência lógica a seus esquemas explicativos. Apesar disso, o nosso argumento é o de que, a partir dos temas comuns, é possível identificar, mesmo nas interpretações singulares desses autores, pontos de convergência que a tradição de polêmica terminou por encobrir.

Se algum consenso existe entre os sociólogos, é o de que o objeto privilegiado da Sociologia Clássica é a sociedade industrial capitalista; e, assim sendo, não é de se surpreender que o seu repertório básico e fundamental sejam os temas do mercado, da divisão do trabalho, da mercadoria, da economia monetária, do individualismo, da racionalidade, enfim, da modernidade.

A nosso ver, qualquer tentativa de síntese e, portanto, de superação da visão paradigmática passa pela identificação dos significados comuns direta ou indiretamente atribuídos pelos clássicos a cada um desses elementos na construção de seus argumentos. Ora, a recorrência desses temas na literatura sociológica clássica não é senão um sintoma de sua centralidade na vida social, e é essa centralidade que aponta para a necessidade de esforços de sínteses teóricas, mesmo quando esses temas assumem distintos pesos relativos nos modelos explicativos de cada um desses autores. O exemplo mais óbvio disso é o da recorrência e, por que não dizer, da centralidade do tema da divisão do trabalho nas obras de Marx, Weber e Durkheim. A nosso ver, a importância por eles atribuída ao processo de crescente divisão do trabalho na sociedade moderna tem sido mal-avaliada, quando não ignorada por boa parte da literatura sociológica contemporânea.

Além destes três autores, também Simmel e Elias, não por acaso, por muitos considerados clássicos, parecem haver reconhecido a centralidade do fenômeno da divisão do trabalho na conformação de processos sociais gerais e específicos. Ainda que se referindo com alguma freqüência ao fenômeno, a ampla maioria das análises sociológicas contemporâneas parece não haver atentado para o seu profundo significado na vida social. É intrigante constatar, por exemplo, como o papel da divisão do trabalho na geração da coesão social, tão ampla e convincentemente abordado por Durkheim, da mesma forma que o caráter integrador assumido pelo mercado, na perspectiva marxista, tem sido negligenciado na teoria social contemporânea. Um exemplo de síntese teórica a que nos referimos encontra-se em um pequeno artigo por nós elaborado[5] sobre o papel da divisão do trabalho e das relações de mercado na geração da coesão social indispensável à emergência do fenômeno da cidadania na sociedade moderna. Parte-se do pressuposto que pouco importa se, para Durkheim, a divisão do trabalho responde diretamente à necessidade de coesão social, enquanto que, para Marx, ela é uma mera decorrência da evolução das forças produtivas. Em ambas as perspectivas, o processo de crescente divisão do trabalho assume, explícita ou implicitamente, absoluta centralidade na geração de coesão social, e é essa centralidade que exige esforços de investigação do real significado deste fenômeno num amplo leque de

---

[5] CUNHA, 2000.

processos sociais. Ora, pode-se perguntar como conciliar duas perspectivas aparentemente opostas na explicação de um dado fenômeno. O fato é que, associando o processo de divisão do trabalho à emergência de classes sociais antagônicas, Marx claramente negligencia seu papel socialmente integrador. Curiosamente, no entanto, ele atribui esse papel ao mercado, o qual não é, senão, um produto direto ou, mesmo, um equivalente do processo de divisão de trabalho.

Em suma, é a partir da constatação de que este tema tem sido pouco explorado pela teoria sociológica e de que esta deve ocupar-se na tentativa de realizar sínteses de temas e categorias que sugerimos que o conceito de divisão do trabalho pode ser considerado como o fio condutor dessa empreitada. E não é só. Acreditamos também que os processos sociais inerentes ao advento da modernidade, mesmo aqueles mais empíricos, como a multiplicação dos círculos sociais a que se refere Simmel, estão, de alguma forma, articulados em torno desse mesmo elemento. Dessa maneira, não obstante o que cada autor considera como o traço singular da modernidade – racionalização para Weber, economia monetária para Simmel, equiparação das relações sociais às relações de troca para Marx, a própria divisão social do trabalho para Durkheim etc. – o processo de divisão do trabalho aparece como um fenômeno capaz de reunir e incorporar diversas contribuições teóricas; desde aquelas que se identificam com o pressuposto de que "estruturas objetivas" preexistem às interações individuais, como, por exemplo, a de Durkheim, até as que consideram que essas estruturas, embora condicionando, de certa forma, a ação dos indivíduos, são constituídas, efetivamente, a partir de determinadas relações estabelecidas entre esses mesmos indivíduos, como, por exemplo, a teoria da burocracia de Weber.

Deixando de lado as polêmicas que, a todo momento, insistem em surgir quando se trata de estabelecer comparações entre, por exemplo, Marx e Durkheim, faz-se necessário recorrer a esses e outros autores para mostrar como as transformações que inauguram a época moderna são, em geral, fenômenos decorrentes do processo de divisão do trabalho.

Em Marx, é possível afirmar, sem grandes dificuldades, que o "motor da história", a luta de classes como afirma no *Manifesto*, é, na verdade, no que tange à sua dimensão estrutural, um fenômeno que decorre do desenvolvimento histórico da divisão do trabalho. Pode-se argumentar, também, que a história, para Marx, desenvolve-se mais precisamente a partir da superação das contradições entre, de um lado, as forças produtivas e seu desenvolvimento e, de outro, as relações sociais de produção. Se esse for o caso, como se desenvolvem as forças produtivas? A resposta a essa pergunta apresenta-se, a nosso ver, de forma tão consensual para a teoria sociológica que seu conteúdo antecede a própria formação da disciplina. Basta ver, por exemplo, o capítulo primeiro de *A riqueza das nações,* de Adam Smith – que exerceu enorme influência sobre Marx e Durkheim – para constatar que tanto o desenvolvimento tecnológico como a elevação da "engenhosidade" se aceleram quando, na época moderna, se aprofunda o processo de divisão do trabalho. Além disso, tentando ser fiel ao pensamento de Marx, a superação das relações sociais de produção – mudança do modo de produção – deve ser considerada, no curso da história, como dependente de certas condições objetivas; ou seja, a mudança no caráter dessas relações só pode ocorrer, para Marx, quando as forças produtivas já tiverem alcançado um determinado grau de desenvolvimento. Trata-se, portanto, de considerar que a história, numa abordagem materialista, desenvolve-se, em última análise, a partir do aprofundamento do processo de divisão de trabalho.

Deixando um pouco de lado a história, podemos também identificar como, no próprio Marx, a divisão do trabalho,

História & Sociologia

da mesma forma que em Durkheim, aparece como geradora de coesão social. Se considerarmos que esta é cada vez maior na medida em que relações regulares e necessárias são estabelecidas entre os indivíduos, não encontraremos dificuldades em identificar a relação entre divisão do trabalho e coesão social também em Simmel. Aliás, sobre essa forma de tratar o problema da coesão social, é interessante notar que mesmo os autores que não se identificam diretamente com a contribuição de Durkheim reconhecem a fecundidade de seu argumento; senão vejamos: "A existência de interesses mútuos ou, melhor ainda, de interdependência, particularmente através da divisão do trabalho, é uma das forças mais poderosas da coesão social".[6]

Por outro lado, no que se refere à relação – mais direta talvez – entre coesão social e continuidade das relações sociais, veja o que diz Cohen: "... para uma cultura comum existir, tem de haver uma interação continuada durante um longo período e isso, por sua vez, implica coesão".[7] Dado que a "interação continuada" depende, com efeito, de tornar-se instituição social, isto é, de permitir que os indivíduos possam contar com uma certa previsibilidade por ocasião de estabelecer determinado tipo de relação com qualquer outro indivíduo,

> o grau de coesão social entre unidades interdependentes depende parcialmente de se as mesmas ou semelhantes vantagens obtidas pelas unidades constituintes de uma relação podem ou não ser obtidas pela formação de tais relações com outras unidades.[8]

Ora, que condições se apresentam como mais favoráveis à "formação continuada de tais relações com outras unidades"

---

[6] COHEN, 1970, p. 149.

[7] *Idem*, p. 149.

[8] *Idem*, p. 150.

senão as possibilitadas pela expansão da economia monetária? A sugestão é dada por Simmel, para quem, efetivamente, a economia monetária atende a essa exigência, visto que o dinheiro permite que as relações de troca possam estabelecer-se entre quaisquer indivíduos, desde que estes estejam na condição de portadores desse elemento.

Seguindo esse raciocínio, podemos argumentar que Marx também percebe nas relações de troca a possibilidade de que a divisão social do trabalho possa ser responsável por produzir relações necessárias entre os indivíduos, relações essas que Durkheim viria a associar à solidariedade orgânica. Desse modo, é a divisão do trabalho que, ao "criar" indivíduos diferentes e interdependentes, isto é, indivíduos que são levados a interagir no mercado, assegura a coesão social. As relações de troca tornam-se, por assim dizer, relações sociais fundamentais, pois, como afirma Marx:

> Se o indivíduo A tivesse a mesma necessidade do indivíduo B, e se ambos tivessem realizado seu trabalho no mesmo objeto, então nenhuma relação estaria presente entre eles: considerando apenas sua produção, eles não seriam de forma alguma indivíduos diferentes.[9]

Além disso, "[...] essas diferenças naturais entre indivíduos e entre suas mercadorias [...] constituem o motivo para a integração daqueles indivíduos",[10] Claramente, essa passagem refere-se ao caráter integrador do mercado, em tudo se assemelhando à solidariedade orgânica de Durkheim. Desse modo, segue a conclusão: além de ser responsável pelos processos que dão o ritmo da mudança social, a divisão do trabalho se encarrega também de assegurar, ainda que de forma reconhecidamente dinâmica, a manutenção dos vínculos

---

[9] MARX *apud* CUNHA, 2000, p. 10.

[10] *Idem.*

História & Sociologia

entre os indivíduos, de criar a necessidade de suas relações.
Tal constatação também pode ser encontrada em Simmel
(1977), que afirma ser a divisão do trabalho, na modernidade,
responsável pelos laços que vinculam os indivíduos entre si.
Por outro lado, utilizando-se o conceito de forma de sociação[11], que, nas análises de Simmel, expressa a própria sociedade
quando considerada substantivamente, chegamos à mesma conclusão. Quando, na sociedade moderna, a economia monetária
adquire proeminência face a outras formas de sociação, a coesão social percebida a partir da regularidade de determinadas
formas sociais pode ser considerada como um elemento que a
troca econômica, em plena imbricação com a divisão do trabalho, trata de assegurar. Vê-se, portanto, que essa relação não é,
como se poderia supor, algo transitório nas análises simmelianas.
Pelo contrário, o caráter regular e institucionalizado da economia
monetária, fato que percebemos em razão de sua ocorrência na
grande maioria dos círculos sociais na modernidade, assegura a
previsibilidade e, portanto, a coesão das práticas sociais.[12] Quanto
a isso, cabe ressaltar ainda que é também em Simmel que a

---

[11] O conceito de forma de sociação, forma social ou simplesmente sociação
refere-se à gama de possibilidades de influência recíproca entre os indivíduos.
Simmel sustenta que o caráter social da existência humana não se encontra
naquilo que, em cada indivíduo, serve de motivação para a ação ou para a
recepção da influência de outro agente, somente podendo ser identificado
"quando se produz a ação de uns sobre os outros – imediatamente ou por
intermédio de um terceiro" (SIMMEL, 1983, p. 61). Também percebemos
que o próprio conceito de sociedade, a unidade social, equivale às formas de
sociação, sendo que, desta vez, consideradas em sua extensão e regularidade.
Ocorre, então, que o objeto da Sociologia é, para Simmel, a forma de sociação:
"Se, pois, deve haver uma ciência cujo objeto seja a sociedade, e nada mais,
deve ela unicamente propor-se como fim de sua pesquisa essas interações,
estas modalidades e formas de sociação" (SIMMEL, 1983, p. 61).

[12] Embora condene a premissa "naturalista" de que o objeto da Sociologia
encontra-se definido na própria vida social, não exigindo nenhum esforço
de abstração por parte do sociólogo, Simmel não abre mão de vincular a
pesquisa e a análise sociológicas aos fenômenos concretos temporal e espa-
cialmente: "Pode-se extrair deles essa legitimação do problema sociológico
[as formas de sociação], que requer que essas formas puras de sociação sejam
identificadas, ordenadas sistematicamente e estudadas do ponto de vista de

COLEÇÃO "HISTÓRIA &... REFLEXÕES"

relação entre divisão do trabalho e trocas econômicas adquire sua forma mais acabada. Por meio do conceito de economia monetária, ele demonstra como as relações de troca são, com efeito, relações que os indivíduos inseridos no curso da divisão do trabalho são levados a travar. Isso significa, entre outras coisas, que o dinheiro torna-se um instrumento indispensável ao desenvolvimento da divisão do trabalho ao mesmo tempo em que esta é quem cria a necessidade de sua circulação:

> O pagamento em dinheiro promove a divisão do trabalho, pois, normalmente, só se paga em dinheiro para um desempenho especializado: o equivalente monetário abstrato sem qualidade corresponde exclusivamente ao produto objetivo singular desligado da personalidade do produtor.[13]

Como já destacamos, outro autor que reconhece a centralidade da divisão do trabalho na configuração dos processos sociais é Norbert Elias. Mesmo sem empreender um estudo exegético de sua obra, inclusive porque isso caminharia no sentido inverso ao da síntese teórica para a qual pretendemos

---

seu desenvolvimento histórico" (SIMMEL, 1983, p. 63). No estudo das sociedades, tal qual estamos acostumados a considerar, Simmel propõe que se utilize a aplicação de dois tipos de formas de sociação. Por um lado, é preciso elaborar formas de sociação que busquem verificar "os fenômenos visíveis que se impõem por sua extensão e por sua importância externa..." (SIMMEL, 1983, p. 71). E, por outro, faz-se necessário também dispor de instrumentos metodológicos que sejam capazes de dar conta daquelas relações que, "em geral, não estão assentadas ainda em organizações fortes, supraindividuais, e sim que nelas a sociedade se manifesta, por assim dizer, em status nascens..." (SIMMEL, 1983, p. 71). O fato de determinada forma de sociação ocupar, em uma dada sociedade, o posto de uma estrutura ou organização cuja sobrevivência e reprodução independem, pelo menos no médio prazo, de ser adotada e reforçada pelos membros daquela sociedade é que vai conferir a esta última um caráter específico. E, uma determinada sociedade irá se distinguir de outras no espaço e de si mesma no tempo na medida em que as formas de sociação de maior extensão e profundidade vão sendo substituídas por aquelas que outrora eram de caráter residual.

[13] SIMMEL, 1998, p. 27.

dar alguma contribuição, podemos constatar que, a exemplo dos clássicos, ele busca vincular questões como a mudança e a coesão social ao desenvolvimento da divisão das funções. Assim, incorporando o argumento de Durkheim, Elias percebe no fenômeno da divisão do trabalho – associado, é claro, às relações de mercado – o elemento que, por excelência, explica os laços de interdependência responsáveis pela geração de integração social. Claramente, ele afirma:

> Até nas sociedades mais simples de que temos conhecimento existe alguma forma de divisão das funções entre as pessoas. Quanto mais essa divisão avança numa sociedade e maior é o intercâmbio entre as pessoas, mais estreitamente elas são ligadas pelo fato de cada uma só poder sustentar sua vida e sua existência social em conjunto com muitas outras.[14]

Por outro lado, semelhantemente à perspectiva de Marx, Elias também identifica na progressiva divisão do trabalho a principal razão para o surgimento de tensões e contradições sociais que dariam ritmo às mudanças estruturais. Ocorre, na verdade, que o aparecimento de novas posições e funções dentro da sociedade, bem como os conflitos decorrentes do monopólio ou da concentração dos recursos, engendrados por uma nova configuração estrutural, estão ligados ao avanço da divisão do trabalho. De pleno acordo com esse argumento, Elias diz:

> Estas tensões começam a se produzir, para expor a questão em termos muito genéricos, em determinado estágio da divisão das funções, quando algumas pessoas ou grupos conquistam um monopólio hereditário dos bens e dos valores sociais de que outras pessoas dependem, seja para sua subsistência, seja para protegerem ou efetivarem sua vida social.[15]

---

[14] ELIAS, 1994, p. 44. Grifos nossos.

[15] *Idem*, p. 42.

COLEÇÃO "HISTÓRIA &... REFLEXÕES"

Efetivamente, não se trata aqui de fazer uma leitura durkheimiana da obra de Elias, por um lado, e nem de interpretála a partir de uma visão reducionista do marxismo, por outro, como também não se trata de fazer nenhuma leitura específica de nenhum autor, conferindo à sua obra um significado isolado. Assim sendo, uma das urgentes tarefas teóricas da Sociologia é identificar, da forma mais consistente possível, como o fenômeno da divisão do trabalho é tratado por alguns autores – cuja autoridade em matéria de teoria social ainda não foi superada – quando se tenta explicar questões de enorme relevância para a disciplina, como é o caso da coesão social e da mudança histórico-estrutural. Nesse sentido, pouco importa como as obras de Elias, Simmel, Durkheim, Marx e Weber vêm sendo classificadas ou, o que é pior, rotuladas, já que insistir nessa polêmica em nada contribui para o avanço das ciências sociais. A nosso ver, o procedimento mais adequado é identificar acordos sobre temas cuja recorrência e centralidade sejam capazes de relativizar a influência que o culto às escolas e tradições tem tido na teoria sociológica.

Para sustentar nosso argumento a respeito da crise da Sociologia, fez-se necessário discorrer sobre processos que não têm recebido a devida atenção dos estudiosos e que afirmamos guardar estreitas relações com o fenômeno da crescente divisão do trabalho A rigor, procuramos chamar a atenção para a necessidade de releitura de textos clássicos como forma de identificar relações não percebidas ou insuficientemente exploradas pelos cientistas sociais.

No entanto, identificar processos que ocupam uma posição de absoluta e inegável centralidade na vida social, além de parecer tarefa demasiado ousada para uma disciplina que se encontra em crise como a Sociologia, constitui uma postura que navega em sentido oposto ao de amplas e importantes correntes do pensamento social contemporâneo. Os esforços teóricos efetuados desde algum tempo parecem caminhar no sentido contrário ao da síntese, contribuindo para a multiplicação de perspectivas isoladas e unilaterais sobre aspectos da vida social que, tratados dessa maneira, parecem não guardar qualquer relação entre si. Um de nossos propósitos aqui é o de dar uma contribuição para que se possa superar os impasses decorrentes da influência que tais abordagens têm exercido no pensamento social. Se se reconhece que a crise por que passa a Sociologia decorre, em grande parte, da ausência de uma lógica convincente e articulada de explicação dos fenômenos sociais que permita à teoria sociológica alcançar um patamar desejável de cumulatividade, fica evidente que os esforços de sínteses teóricas para identificar os elementos fundamentais na configuração dos processos sociais são uma empreitada intelectual indispensável.

É provável que a nossa perspectiva teórica seja acusada, com alguma razão, de privilegiar a análise das dimensões estruturais. Tal perspectiva, no entanto, justifica-se pelo fato de insistirmos no argumento de que a crise da Sociologia decorre principalmente da discordância entre os cientistas sociais sobre construções teóricas centrais que, por dizerem respeito aos fundamentos da ordem e da mudança social, são a própria razão de ser dessa disciplina. Como bem lembra Alexander, "os sociólogos são sociólogos porque acreditam que a sociedade tem padrões, estruturas de alguma maneira diferentes dos atores que a compõem", mas, apesar disso, eles encontram-se, com freqüência, em desacordo a respeito das condições em que a ordem é produzida.[16] Argumentamos, também, que tais discordâncias e, portanto, o caráter essencialmente discursivo assumido pela Sociologia decorrem menos da natureza específica de seu objeto de análise que da unilateralidade das opções teórico-ideológicas dos cientistas sociais. Ora, se os clássicos ainda têm algo a nos dizer, não é porque eles foram capazes de tudo explicar, mas, sim, porque

---

[16] ALEXANDER, 1999, p. 14.

alguns de seus argumentos sobre as dimensões fundamentais da vida social, além de invocarem um repertório mais ou menos constante de categorias analíticas, jamais foram convincentemente refutados. Como afirmamos anteriormente, à Sociologia interessam apenas temas e conceitos específicos cuja recorrência na teoria clássica aponta para sua centralidade na vida social e, portanto, para sua centralidade teórica. Prender-se aos conteúdos, inclusive os de ordem teleológica, que cada teoria tomada isoladamente busca enfatizar é mais uma profissão de fé que uma escolha científica propriamente dita. É a tentativa de contribuir para a superação desse tipo de postura na produção do conhecimento sociológico que constitui a razão de ser dos argumentos aqui desenvolvidos; e, assim sendo, sugerimos que se procure concentrar na análise de alguns temas centrais no pensamento dos clássicos, identificando acordos ali onde normalmente só se vê oposição. Com efeito, o desacordo promovido pelo consenso ortodoxo a que se refere Giddens dá-se em torno de questões teóricas a tal ponto centrais para a teoria sociológica que ela se vê impossibilitada de assumir um caráter mais plenamente cumulativo. Argumentamos também que esse desacordo tem estimulado a proliferação de estudos sobre temas que, não obstante o interesse específico que possam suscitar, pouco têm contribuído para a evolução da teoria sociológica. Em vez de empreender análises detalhistas e exegéticas sobre obras e autores isolados, alimentando a tradição de polêmica, cremos ser necessário identificar acordos entre os clássicos a partir de um tema cuja recorrência em suas obras aponta para a sua centralidade na configuração dos processos, das práticas e das instituições sociais.

O nosso argumento de que o fenômeno da divisão do trabalho deve ocupar uma posição de destaque na teoria sociológica está baseado no fato de que esse fenômeno mantém importantes relações com os processos societais mais caracteristicos da modernidade. Foi isso que procuramos demonstrar quando enfatizamos sua relação com os fenômenos da coesão social fundada na interdependência entre os indivíduos e com a mudança histórico-estrutural. Vale destacar também que a prioridade aqui dada aos clássicos está diretamente ligada ao fato de eles haverem percebido – ainda que nem sempre avaliando todas as suas implicações – a importância da divisão do trabalho na configuração de processos sociais específicos.

Cada um desses autores enfatiza, no entanto, os aspectos que julga fundamentais na configuração do caráter singular da sociedade moderna; e o tratamento isolado de cada um deles, sobretudo quando se procura enfatizar suas divergências – a ponto de se acreditar na existência de uma Sociologia do conflito, fundada no marxismo, e uma da ordem, criada por Durkheim –, tem alimentado a crença de que identificar acordos significativos entre eles é uma tarefa impossível e, mesmo, indesejável para a teoria sociológica. A nosso ver, encontra-se aí um dos maiores obstáculos à elaboração de sínteses teóricas que contribuam para a superação do pensamento paradigmático e, conseqüentemente, para a ampliação da capacidade cumulativa do conhecimento sociológico. A esse respeito, vale destacar que mesmo um autor cético em relação à possibilidade de se superar paradigmas na ciência social, como Jeffrey Alexander, reconhece que o tratamento das contribuições clássicas como perspectivas irreconciliáveis é o que mais tem alimentado a tradição de polêmica na Sociologia, servindo mesmo de base para a proliferação de teorias unilaterais, incapazes de contribuir efetivamente para conferir ao conhecimento sociológico maior poder explicativo. Portanto, buscar acordos entre os clássicos, como tentamos sugerir por meio do tema da divisão do trabalho, parece ser o primeiro e mais fundamental procedimento na tentativa de viabilizar a formulação de sínteses teóricas, indispensáveis ao avanço dessa disciplina.

Isso posto, diante do desafio de estabelecer pontos de contato entre as diversas teorias e escolas, procurando elaborar sínteses teóricas indispensáveis a um conhecimento sociológico mais francamente cumulativo, cremos que os pesquisadores envolvidos nessa tarefa têm no conceito de divisão do trabalho um poderoso instrumento.

Cabe destacar, finalmente, a importância que o resgate dos clássicos parece ter para o avanço da teoria social. Entre os esforços recentes nesse sentido, cabe assinalar as contribuições de Giddens (1998/2001) e Alexander (1987/1999), que, embora empreendendo análises distintas sobre os fenômenos da vida social, costumam entrar em acordo quando se trata de apontar os problemas pelos quais tem passado a teoria sociológica. Entre esses problemas, estão as leituras acríticas e apologéticas dos clássicos, predominantes na Sociologia. Giddens e Alexander reconhecem que os "pais fundadores" ainda têm muito a dizer sobre a compreensão das sociedades contemporâneas. Afinal, um clássico não é apenas alguém que, no passado, deu alguma contribuição ao avanço de um determinado campo do saber, mas, para além disso, "os clássicos [...] são fundadores que ainda falam para nós com uma voz que é considerada relevante. Eles não são relíquias antiquadas, mas podem ser lidos e relidos com proveito, como fonte de reflexão sobre problemas e questões contemporâneas."[17]

Com efeito, a superação dos impasses que atualmente se colocam ao avanço da Sociologia parece exigir a releitura dos clássicos. Essa releitura, no entanto, deve se desfazer daqueles rótulos e jargões que obscurecem o que de melhor pode ser aproveitado em suas contribuições.

---

[17] GIDDENS, 1998, p. 15.

Considerações finais

Vimos, nas páginas precedentes, como a oposição entre as perspectivas que privilegiam, por um lado, o contingente e o individual e, por outro, as regularidades e as estruturas permeia, há mais de um século, tanto as relações entre História e Sociologia quanto aquelas entre as distintas correntes historiográficas e sociológicas.

Se é verdade que, no início do século passado, é um "sociólogo", François Simiand, que fere o orgulho dos historiadores afirmando que suas inquietações metodológicas resultam da falta de familiaridade "com a concepção científica que se contrapõe aos hábitos solidificados da história tradicional", também é verdade que historiadores, como Paul Lacombe e Henri Beer, já haviam se notabilizado por suas posições contrárias a esta última.

Décadas mais tarde, Braudel conclui que "a busca de uma história não limitada aos acontecimentos impôs-se de modo imperioso no contato de outras ciências do homem", o que nos parece apenas parcialmente verdadeiro. Queremos dizer, com isso que, para além do contato com as ciências sociais, os desafios colocados à disciplina histórica por novas correntes filosóficas eram motivo de preocupação para os historiadores antes mesmo do término do século XIX. Como bem observa Noiriel, o "idealismo histórico" que dominava a cena filosófica naquele século é desacreditado pelos golpes conjugados do marxismo, do darwinismo e do positivismo.

Com efeito, são essas grandes concepções filosóficas, notadamente o marxismo e o positivismo, que "delimitam o espaço em que se desenvolvem as discussões epistemológicas sobre a história". O positivismo, em especial, opõe ao historicismo suas concepções de objetividade, de abstração teórica, de causalidade, de construção de modelos que a Sociologia, enquanto tributária direta desta corrente de pensamento, incorpora desde o seu surgimento. Talvez por essa razão a Sociologia tenha passado a ser vista pelos historiadores seja como modelo, seja como concorrente a ser neutralizada, como sugere Dosse.

Apesar das seguidas manifestações de historiadores e sociólogos sobre o caráter complementar de suas disciplinas, as relações entre elas encontram-se marcadas por suspeitas de imperialismo de lado a lado, por indefinições sobre métodos e procedimentos e, mesmo, por discordâncias sobre seus respectivos objetos de análise. A História, em particular, sentiu-se ameaçada de perder espaço para as novas ciências sociais e, no limite, de desintegrar-se. Uma vez liberada da tutela da Filosofia, a História reinou soberana durante longo período como disciplina destinada a observar as mais distintas atividades humanas. Por essa razão, seus métodos permaneceram muito gerais, e seus objetos de análise bastante diversificados. Com isso, as novas ciências sociais tendem a ser percebidas como usurpadoras, pois cada uma delas vai se ocupar de uma das dimensões da vida social até então estudadas com exclusividade pela História. A suspeita de que o estudo das atividades econômicas, das relações sociais, da cultura e da política pudesse tornar-se monopólio, respectivamente, da Ciência Econômica, da Sociologia, da Antropologia e da Ciência Política parece haver levado os historiadores a se interrogar sobre o que teria restado à sua disciplina senão o estudo do passado. Mesmo este sofreria, com freqüência, incursões de profissionais de outras áreas. Não é à toa que as ponderações epistemológicas dos seguidores de Durkheim, no início do século XX, são recebidas com inquietação ou, mesmo, com indignação pelos historiadores que, como vimos, vão desenvolver, ao longo desse século, as mais diversas estratégias de enfrentamento ou acomodação em relação às novas ciências sociais.

Acreditamos, no entanto, que têm razão os historiadores que, a exemplo de Durkheim, insistem no caráter complementar dessas disciplinas. E não se trata, aqui, de mera política de boa vizinhança. O argumento que sustentamos a respeito das relações entre as ciências humanas e, mais especificamente, entre História e Sociologia é o de que os conflitos entre elas devem ser entendidos no contexto do processo de divisão do trabalho científico que, não por acaso, se acelera ao final do século XIX, quando se difundem novas concepções de ciência. Tais conflitos, no entanto, têm sido interpretados seja como conseqüência da intromissão indevida de grupos de profissionais sobre seara alheia, seja como resultado de tentativas de imposição de paradigmas, métodos e conceitos de uma disciplina a outras, seja ainda, o que é pior, como decorrentes da suposta superioridade científica de uma área de conhecimento em relação às demais.

Os novos campos de saber não surgem por acaso e, muito menos, em oposição à História. Uma "ciência econômica" só se faz necessária na medida em que os processos econômicos assumem, por assim dizer, centralidade na vida da sociedade. Por sua vez, qualquer manual de Sociologia ensina que esta disciplina só se torna possível quando, pela primeira vez na história, a vida social passa a ser vista como um problema, isto é, quando se instaura a sociedade industrial capitalista. Alem disso, a Sociologia só se torna possível a partir da prévia revolução nas formas de pensamento, o que, na verdade, termina por impor a crescente especialização do conhecimento, por ramos de saber, sobre as múltiplas dimensões da vida social. Cremos ser possível afirmar que, da mesma forma que o desenvolvimento das forças produtivas tende a intensificar o processo de divisão do trabalho entre ramos produtivos e dentro da empresa, o avanço da ciência e das formas de pensar (elas próprias parte integrante das forças produtivas) tende a promover a crescente especialização do trabalho intelectual. Na contramão desse processo, encontra-se apenas o materialismo histórico, que rejeita a segmentação da investigação social por disciplinas específicas, propondo-se, mesmo, a substituí-las, inclusive, e sobretudo, a História.

Vimos, no capítulo introdutório, como Durkheim, injustamente identificado como um opositor da História, nos aponta o caminho mais fértil para dirimir dúvidas e especular sobre as bases da cooperação entre as ciências humanas. Trata-se da idéia de que, sendo a divisão do trabalho, nas ciências "sociais e morais", um processo recente, elas se apresentam como um agregado de partes disjuntas que não colaboram entre si. Para Durkheim, se a divisão do trabalho não produz solidariedade, é porque as relações dos órgãos não estão regulamentadas e, portanto, porque se encontram num estado de anomia. Segundo ele, esse estado de anomia seria superado quando as diversas disciplinas, ao levarem suas pesquisas sempre mais longe, acabassem por atingir-se e por tomar conhecimento de sua solidariedade. Ao argumentar que há poucas disciplinas que congregam os esforços das diferentes ciências com vista a um fim comum, Durkheim parece vislumbrar a possibilidade de que, com o tempo, isso venha a ocorrer. Seria esse o papel reservado à História no campo das humanidades? Os atributos dessa disciplina para vir a desempenhar esse papel parecem-nos promissores: sua precedência no tempo em relação às demais ciências sociais, sua vocação generalista e globalizante, além do seu natural interesse pela longa duração e pela síntese, garantem à História uma posição mais complexa e central que a de simples especialidade no campo das humanidades.

História & Sociologia

Tal vocação, no entanto, não exclui, de imediato, a necessidade de aprofundamento da velha discussão sobre o método na pesquisa histórica.

Uma importante questão para a qual advertimos, de antemão, não ter respostas é a seguinte: teria a História se beneficiado de sua aproximação com a Sociologia? Embora tal aproximação pareça mesmo inevitável, vimos que tanto Noiriel quanto Dosse fazem sérias restrições, senão à aproximação em si, pelo menos, à forma pela qual ela se deu. É assim que o primeiro argumenta que as inúmeras polêmicas alimentadas pela interdisciplinaridade contribuíram para que as verdadeiras controvérsias científicas desaparecessem da cena historiográfica francesa, enquanto o segundo afirma que a operação sincrética realizada pelos Annales ampliou o risco de que a História venha a perder sua identidade e que o campo histórico se veja diluído nas outras ciências sociais.

De nossa parte, observaríamos apenas que a trajetória dos Annales, de fato, revela que as relações da História com as ciências sociais (e não especificamente com a Sociologia) parecem marcadas por clivagens e oscilações que, em certos casos, beiram o modismo. É seguindo esse percurso que a História, na percepção de Dosse, torna-se antropológica e fragmentada. Mas, aqui, é bom lembrar que isso não é privilégio desta disciplina: também a Sociologia tornou-se, em grande parte, antropológica e fragmentada como atesta sua crise contemporânea.

Ao referir-se à existência de múltiplas histórias, Braudel se vê melhor compreendido pelos sociólogos que afirmariam existir "tantas maneiras, discutíveis e discutidas de abordar o passado quantas atitudes que existem perante o presente". Tal afirmação exige uma reflexão que talvez lance luz sobre os pontos de convergência e distanciamento entre as duas disciplinas. Se é verdade que História e Sociologia, enquanto ciências globais, podem se interessar por múltiplos aspectos

COLEÇÃO "HISTÓRIA &... REFLEXÕES"

da vida social, também é verdade que a primeira, por tradição, parece fazê-lo com mais desenvoltura e propriedade. A História é, ao mesmo tempo, política, econômica, cultural, social e, também, memória, sem precisar ser psicológica, etnológica, antropológica ou sociológica. Por sua vez, ao tomar por modelo as ciências da natureza e, portanto, ao buscar as regularidades e tentar identificar as leis que regem a vida social, a Sociologia delimita seu objeto de análise e esforça-se para desenvolver métodos próprios. Com isso, a compreensão dos processos históricos tende a constituir apenas uma etapa, ainda que essencial, da sua tarefa de identificar processos estruturais sociologicamente relevantes a partir dos quais procura chegar a "abstrações felizes", vale dizer, a identificar regularidades e a estabelecer generalizações, formulando conceitos e construindo modelos teóricos.

Argumentamos, em outra parte, que o objeto privilegiado da Sociologia é a sociedade industrial capitalista e que, portanto, seu repertório básico e fundamental são os temas do mercado, da divisão do trabalho, da mercadoria, da economia monetária, da racionalidade, enfim, da modernidade. Argumentamos também que a superação da crise pela qual estaria passando essa disciplina depende da superação da visão paradigmática por meio da identificação dos significados comuns atribuídos pelos clássicos a cada um desses elementos na construção de seus argumentos. Com efeito, a recorrência desses elementos na literatura sociológica clássica não é senão um sintoma de sua centralidade na vida social. Em uma palavra, tal como nas ciências da natureza, a superação de paradigmas é uma condição indispensável à cumulatividade do pensamento sociológico. É provável que também a História deva se esforçar para superar paradigmas e alcançar patamares mais elevados de cumulatividade.

Sem resolver seus problemas teóricos mais centrais, isto é, aqueles relativos à produção da ordem e da mudança

110

histórico-estrutural, a Sociologia dificilmente terá condições de aprofundar, com sucesso, a análise dos múltiplos fenômenos particulares sobre os quais, em princípio, ela pode se debruçar. A História, ao contrário, não se impôs essa "camisa de força" teórico-metodológica e, portanto, continua sendo uma disciplina global, com métodos mais gerais e interesses múltiplos, além de descritiva por tradição do ofício. Se é verdade que as primeiras gerações dos Annales se esforçaram para dotar a disciplina de instrumentos destinados à investigação das dimensões estruturais dos processos históricos, assumindo, por assim dizer, uma perspectiva mais sociológica, também é verdade que, assim procedendo, o historiador tende a incorporar as deficiências teóricas da Sociologia, vale dizer, a visão paradigmática, o ecletismo epistemologicamente problemático e, portanto, as incertezas em relação à importância relativa das distintas instâncias estruturais na produção dos fenômenos que ela analisa. Com efeito, ao analisarmos os elementos presentes na crise da Sociologia, observamos, sobretudo, que a ausência de acordos em torno da noção de estrutura e, conseqüentemente, dos mecanismos que articulam ação e estrutura constitui o maior obstáculo à ampliação de seu poder explicativo.

Bem ou mal, Sociologia e História sempre se apropriaram dos esforços particulares uma da outra. A primeira incorporando as múltiplas interpretações dos historiadores sobre a vida política, social e econômica no passado; a segunda se utilizando de métodos e conceitos esboçados pela Sociologia. Acontece que o sociólogo, ao tentar preencher eventuais lacunas historiográficas em termos de explicações estruturais, arrisca-se a fazer má História, enquanto o historiador que recorre ao instrumental sociológico para sanar tais lacunas pode revelar-se mau sociólogo, entre outras razões, por incorporar conceitos imprecisos, tais como o de estrutura. Se admitimos que História e Sociologia são disciplinas complementares e

COLEÇÃO "HISTÓRIA &... REFLEXÕES"

interdependentes, mas que ambas enfrentam crises de ordem epistemológica que dificultam o diálogo entre elas, resta-nos lembrar que a superação desses problemas se afigura como condição indispensável ao desempenho solidário de suas respectivas funções, como diria Durkheim.

Referências

ALEXANDER, Jeffrey. O novo movimento teórico. *Revista Brasileira de Ciências Sociais*. São Paulo, v. 2, n. 4, p. 5- 27. jun, 1987.

ALEXANDER, Jeffrey. A importância dos clássicos. In: GIDDENS, Anthony; TURNER, Jonathan. *Teoria social hoje*. São Paulo: Unesp, 1999, p. 23-89.

BELLAH, Robert N. Durkheim and History. *American Sociological Review*, v. 24, Issue 4 (Aug, 1959), p. 447-461.

BRAUDEL, Fernand. *História e ciências sociais*. 5. ed. Lisboa: Presença, 1986.

BURKE, Peter. *History and social theory*. New York: Cornell University Press, 1993.

BURKE, Peter. *Sociologia y Historia*. Madrid: Alianza Editorial, 1987.

BURKE, Peter. *New perspectives on historical writing*. Pennsylvania: The Pennsylvania State University Press, 1992.

COHEN, Percy. *Teoria social moderna*. Rio de Janeiro: Zahar, 1970.

CUNHA, Flávio Saliba. Mercado, coesão social e cidadania. *Cadernos de Ciências Sociais*. Belo Horizonte, v. 7, n. 10, jul. 2000, p. 7-16.

CUNHA, Flávio Saliba; TORRES JÚNIOR, Roberto Dutra. *O diálogo dos clássicos. Divisão do trabalho e modernidade na sociologia*. Belo Horizonte: C/Arte, 2004.

DOSSE, François. *História e ciências sociais*. Bauru: Edusc, 2004.

DOSSE, François. *A história em migalhas: dos Annales à nova história.* São Paulo: Ensaio; Campinas: Editora da UNICAMP, 1992.

DURKHEIM, Emile. *A divisão do trabalho social.* Lisboa: Presença, 2 v. 1989.

DURKHEIM, Emile. A divisão do trabalho social. In: GIANNOTTI, José Arthur; MOURA; Carlos Alberto Ribeiro de [*et al*] *Durkheim* (Os pensadores). São Paulo: Abril Cultural, 1978, p. 3-70.

ELIAS, Norbert. *A sociedade dos indivíduos.* Rio de Janeiro: Zahar, 1994.

GIDDENS, Anthony. *Em defesa da sociologia. Ensaios, interpretações e tréplicas.* São Paulo: Ed.UNESP, 2001.

GIDDENS, Anthony. *Política, sociologia e teoria social: encontros com o pensamento social clássico e contemporâneo.* São Paulo: Unesp, 1998.

GRESPAN, Jorge. Considerações sobre o método. In: PINSKY, Carla Bassanezi (Org.). *Fontes históricas.* São Paulo: Contexto, 2005, p. 291-300.

MORAES FILHO, Evaristo de (Org). *Simmel: sociologia.* São Paulo: Ática, 1983.

NASCIMENTO, José Leonardo do. In: SIMIAND, François. *Método histórico e ciência social.* Bauru: EDUSC, 2003.

NOIRIEL, Gérard. *Sur la crise de l'histoire.* Paris: Editions Belin, 1996.

PAIVA, Eduardo França. *História & Imagens.* Belo Horizonte: Autêntica, 2002.

PAIVA, Eduardo França. *Escravidão e universo cultural na colônia: Minas Gerais, 1716-1789.* Belo Horizonte: Ed. UFMG, 2001.

PESAVENTO, Sandra Jatahy. *História & História Cultural.* 2. ed. Belo Horizonte: Autêntica, 2005.

REIS, José Carlos. *A história, entre a filosofia e a ciência.* 3. ed. Belo Horizonte: Autêntica, 2004.

REIS, José Carlos. *Escola dos Annales. A inovação em história*. São Paulo: Paz e Terra, 2000.

SIMIAND, François. *Método histórico e ciência social*. Trad. José Leonardo do Nascimento. Bauru: EDUSC, 2003.

SIMMEL, Georg. La ampliación de los grupos sociales a la formación de la individualidad. In: _____ *Sociología, 1: Estudios sob las formas de socialización*. Madrid: Alianza Editorial, 1977, p. 741-808.

SIMMEL, Georg. La cantidad en los grupos socials In: _____ *Sociología, 1: Estudios sob las formas de socialización*. Madrid: Alianza Editorial, 1977, p. 425-478.

SOUZA, Jessé. *A modernização seletiva: uma reinterpretação do dilema brasileiro*. Brasília: Editora UNB, 2000.

SOUZA, Jessé; OELZE, Bertthold (Org). *Simmel e a modernidade*. Brasília: Ed. UNB, 1998.

THOMPSON, E. P. *A miséria da teoria ou um planetário de erros. Uma crítica ao pensamento de Althusser*. Rio de Janeiro: Zahar, 1981.

WEBER, Max. *Ensaios de sociologia*. WRIGHT, Mills. C; GERTH, H. H. (Orgs). Rio de Janeiro: Guanabara, 1982.

OUTROS TÍTULOS DA COLEÇÃO
História &... Reflexões

História & Gênero
Autora: Andréa Lisly Gonçalves

Como as relações de gênero vêm se estabelecendo na história é o fio condutor deste livro que, segundo a autora, se guia por uma abordagem que ressalta a natureza relacional da construção social das definições de feminino e masculino. Por meio de uma pesquisa sobre a escravidão, Andréa Lisly Gonçalves se deparou com um elemento que se despontou como importante instrumento para a compreensão dos processos históricos: o gênero. A autora faz um balanço do caminho percorrido pela história das mulheres e do gênero desde a década de 1960 aos dias atuais. Se a reflexão sobre essa temática sugere desafios para os estudiosos do tema, para homens e mulheres deve despertar interesse em se enxergarem além de suas diferenças biológicas e convenções já enraizadas na sociedade.

História & Fotografia
Autora: Maria Eliza Linhares Borges

A fotografia cria um profissional da imagem e inaugura não apenas uma nova estética, como também um novo tipo de olhar. Sua invenção muito tem a ver com uma sociedade cada vez mais laica, veloz, tecnológica e globalizada, na qual as pessoas convivem a um só tempo com o medo do anonimato, com a necessidade de preservar o presente, com a incerteza sobre o futuro e a esperança de construção de um mundo bem-sucedido. É sob essa perspectiva que este livro se propõe a analisar as relações entre a história-conhecimento e a fotografia. Para tal, buscou-se privilegiar as questões teórico-metodológicas relativas ao uso da imagem fotográfica na pesquisa e no ensino da História.

História & Ensino de História

Autor: Thais Nivia de Lima e Fonseca

Este livro propõe uma reflexão sobre a trajetória do ensino de História ao longo do tempo, no Brasil, e sobre as suas múltiplas faces, expressão da complexidade que o envolve desde que a História tornou-se uma disciplina escolar. Partindo de uma discussão metodológica sobre a história das disciplinas escolares, o texto caminha para a exploração sobre a história do ensino de História na Europa e nas Américas, verticalizando o olhar sobre esse ensino no Brasil desde o século XIX.

História & História Cultural

Autor: Sandra Jatahy Pesavento

Este livro aborda uma das principais posturas hoje trabalhadas, no âmbito da História, senão aquela que agrega a maior parte das publicações e pesquisas na atualidade. Analisa os antecedentes e os precursores dessa postura, para discutir, a seguir, seus principais fundamentos epistemológicos, seu método de trabalho, correntes e campos temáticos, a diversidade de suas fontes, enfocando ainda sua ampla difusão e os novos parceiros que se apresentam para os historiadores, finalizando com algumas considerações sobre os riscos que tal postura enfrenta.

História & Imagem

Autor: Eduardo França Paiva

Eduardo Paiva traz-nos, neste livro, uma temática importante para os nossos dias: a imagem. A história se faz com fontes, e a imagem é uma fonte que oferece beleza e profusão de detalhes do passado; contribui também para o melhor entendimento das formas pelas quais, no passado, as pessoas representaram sua vida e se apropriaram da memória, individual e coletivamente. Imagens são, e de maneira não necessariamente explícita, plenas de representações do vivenciado e do visto e também do sentido, do imaginado, do sonhado, do projetado. Essas figurações de memória integram a base de formação e de sustentação do imaginário social, com o qual, queiramos ou não, convivemos cotidianamente.

História & Livro e Leitura

Autor: André Belo

O livro de André Belo conduz-nos através de um campo em que são inúmeras as produções sobre a história do livro e da leitura, nas quais se cruzam, entre outras, a teoria da literatura, a literatura comparada, a sociologia da leitura, a história das idéias, a história da educação. Ler em um livro a história do livro faz-nos entrar no debate atual e incessante sobre o seu futuro: resistirá o livro à internet e aos apelos da leitura fragmentada e distanciada? O que podemos aprender com os livros de nossos antepassados que, sem cessar, nos interpelam através de imagens no cinema, em pinturas ou em outros livros? Como terá sido quando Gutenberg criou a imprensa e o mundo tornou-se menor e já – talvez um pouco – globalizado?

História & Música – *História cultural da música popular*

Autor: Marcos Napolitano

Marcos Napolitano, apoiado em sólidas bases teóricas, faz uma análise histórica das diversas vertentes musicais e culturais que construíram a música popular brasileira, em suas diversas formas, gêneros e estilos. Este livro realça o fato de que o Brasil é, sem dúvida, uma das grandes usinas sonoras do planeta e um lugar privilegiado não apenas para *ouvir* música, mas também para *pensar* a música, já que ela tem sido a intérprete de dilemas nacionais e veículo de utopias sociais. A música, sobretudo a chamada "música popular", ocupa o lugar das mediações, fusões, encontros de diversas etnias, classes e regiões que formam o nosso grande mosaico nacional. A partir de uma mirada local, é possível pensar ou repensar o mapa mundi da música ocidental.

História & Natureza

Autor: Regina Horta Duarte

Este livro aborda um dos temas mais importantes e polêmicos de nossa contemporaneidade – a questão ambiental – valendo-se de uma perspectiva histórica das relações entre as sociedades humanas e o meio natural. Escrito com a preocupação de dialogar com um público mais amplo do que o pertencente aos meios acadêmicos e, portanto, buscando formas de expressão mais simples, não abdica, entretanto, da intenção de construir uma análise densa e atenta à complexidade das questões envolvidas, recusando perspectivas simplificadoras.

História & Turismo Cultural

Autor: José Newton Coelho Menezes

Segundo o autor, a possibilidade de integração interdisciplinar na produção do entendimento das culturas exige um esforço reflexivo para que não se produzam teorias e conceitos que reforcem a dicotomia entre vivência e legado histórico. O patrimônio é vivo, e é necessário adiantar que é impossível colocá-lo na prateleira expositiva de nossa memória, como a colecionar lembranças curiosas, a despeito de esse procedimento ser mais fácil e usual. Material ou imaterial, as construções culturais são parte de um uníssono de experiências históricas, vivificadas de forma integrada, portanto, dinâmicas no tempo.

QUALQUER LIVRO DO NOSSO CATÁLOGO NÃO ENCONTRADO NAS
LIVRARIAS PODE SER PEDIDO POR CARTA, FAX, TELEFONE OU PELA INTERNET.

Rua Aimorés, 981, 8° andar – Funcionários
Belo Horizonte-MG – CEP 30140-071

Tel: (31) 3222 6819
Fax: (31) 3224 6087
Televendas (gratuito): 0800 2831322

vendas@autenticaeditora.com.br
www.autenticaeditora.com.br

ESTE LIVRO FOI COMPOSTO COM TIPOGRAFIA TIMES NEW ROMAN, E IMPRESSO
EM PAPEL OFF SET 75 G. NA GRÁFICA DEL REY.
BELO HORIZONTE, JUNHO DE 2007.